3
The Love Comedy
Which Nurtured
With a Mom Friend.
緒 二葉
イラスト：いちかわはる

Contents

にかないの?」

妹弟との川遊び

昏本響汰【くれもと きょうた】

妹が大好きな高校生。親の代わりに妹の面倒を見ている。

暁山 澄【あきやま すみ】

弟が大好きな女子高生。容姿端麗・頭脳明晰な孤高の少女。

昏本想夜歌【くれもと そよか】

響汰の妹。わんぱくな性格の3歳児。

暁山 郁【あきやま いく】

澄の弟。大人しい性格の3歳児。

雨夜瑞貴【あまや みずき】

響汰の友人。さわやかイケメンでクラス一のモテ男。

柊 ひかる【ひいらぎ ひかる】

響汰、澄の同級生。クラスのアイドル的存在の美少女。

ママ友と育てるラブコメ 3

The Love Comedy Which Nurtured With a Mom Friend

緒 二 葉

イラスト：いちかわはる

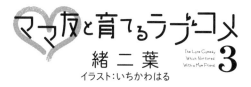

一章　妹とデート？

うちの妹は宇宙一可愛《かわい》い。

今日はそんな妹とデートである。それはもう、ラブラブだ。

七月も中旬に差し掛かり、日に日に最高気温を更新していく季節。だが、想夜歌《そよか》の笑顔は真夏の太陽よりも輝いている。

「お兄ちゃん、はやくはやく！」

テンションが最高潮に達している想夜歌が、俺の前をすたすたと歩く。

笑顔が愛らしすぎる……っ。

この表情を見られただけで、連れてきた甲斐《かい》があったというもの。

とはいえ、本番はこれからだ。

やってきたのは、郊外にある小さなイベント会場。舞台や演劇、ポップアップストアなど、時期によって様々なイベントが開かれている。

小さいと言っても、目の前で見ると結構立派な建物だ。

「ここ？」

「ああ、そうだ」

「おお〜。ミニスカちゃん、いるかな？」

今日のお目当ては、想夜歌がハマっているアニメ『恋するミニスカちゃん』のイベントだ。

そう、俺が用意した、四歳の誕生日プレゼントである。

このアニメは若い女性を中心に大ブームとなっている、擬人化した衣服がどろどろとした昼ドラを繰り広げる謎アニメだ。コミカルな見た目と意外にも奥深いストーリーが人気を集め、全国でイベントが開催されるほどなのだとか。……俺にはまったく理解できないが。

想夜歌も、アニメは毎週欠かさずに視聴している。夫に不倫された主人公ミニスカちゃん（ミニスカートに手足が生えた姿だ）には大いに共感して、涙を流すほどだ。

「さいきんね、タンクトップくんといいかんじ」

「誰が？」

「ミニスカちゃん！　ふたりでジーンズさんをたおすの！」

「まじかよ。いつの間にそんなバトル展開に」

「ばとるじゃないもん」

想夜歌のたどたどしい説明を解読すると、タンクトップ氏は、ミニスカちゃんの夫の浮気相手であるジーンズさんに騙《だま》されて金ヅルにされているらしい。

ミニスカちゃんとタンクトップ氏は、協力して浮気の証拠などを集めているうちに、だんだんといい感じの雰囲気《ふんいき》になってきたのだとか。

「お兄ちゃんはタンクトップきない？」

「着たことないな。……ん？　もしかして遠回しに金ヅルって言ってる？」

たしかに俺は想夜歌《そよか》に貢ぎまくってるけど！

うきうきと俺の手を引っ張る想夜歌を見ると、さらに貢ぎたくなる。

グッズの販売も多くあるようなので、なにか買ってあげよう。

重ねて言うが、これは俺と想夜歌のデートである。

なのに……。

「なんでお前もいるんだよ、暁山《あきやま》」

振り向いた先にいるのは、暁山澄《すみ》。俺のママ友だ。

いや、まあ一緒に来たんだけど。想夜歌と二人の気分を味わいたかったので意識から排除していたのだ。

「せっかく来てあげたのに酷《ひど》い言い様ね」

「俺と想夜歌の仲を邪魔《じやま》しないでくれ」

「……別に、響汰《きようた》や想夜歌ちゃんと遊ぶのが目的ではないわ。私も来たかったの」

俺があからさまに邪険にすると、暁山は腕を組んで堂々と言い放った。

「ぼくもきたらだめ……？」

想夜歌と同い年の弟、暁山郁《いく》もいる。不愛想な姉と違って弟は可愛《かわい》いので「郁は来てもいいんだぞ」と優しく声をかける。

「つーか、暁山もあのアニメ好きだったのか？　それは初耳だ」

こんなところにもファンが……。もしかして、理解できないの世界で俺だけ？

「いえ、ひかるに教えてもらったの。女子高生の間では最新のセンスらしいわ」

「お前ぜったい騙《だま》されてるぞ」

「ひかるはそんなことしないわよ」

「どうかなぁ」

自慢げに語る暁山には悪いが、柊《ひいらぎ》ひかるという少女は割りと適当なことを言うイメージだ。

暁山の数少ない友達だから、情報源がそこしかないんだろうな……。かわいそうに。

いつかマルチ商法とかに引っ掛からないか心配である。

「暁山がこういうイベントに乗り気なのは意外だったけど、そういう理由ね……」

「ええ。今日は頑張って女子高生のセンスを学ぶわよ」

真面目な顔でそう言い放った。

日に日に暁山が残念な子になっていっている気がする……。

「まあ想夜歌のセンスが絶対正義なのは間違いないけどな！」

柊とも絡むようになった暁山は、最近は普通の女子高生っぽいことにも興味が湧《わ》いてきたようだった。曰《いわ》く、郁のためにキラキラした姉になりたいらしい。……郁が柊に照れていることに嫉妬《しっと》したわけじゃないだろうな？

「いくもミニスカちゃんすき？」

「ちょっとだけ」

「おお～。じゃあ、うわきもすきなんだ！」

「すきじゃない！　ぼ、ぼくはうわきしないよ」

「えー、おもしろいのに」

想夜歌《そよか》は、郁《いく》が一緒に来てくれて嬉《うれ》しいみたいだ。

しかし、想夜歌がとんでもない発言をしている気がする。

やっぱミニスカちゃんは教育に悪いよな……？　想夜歌はアニメの影響で、不倫や浮気が愉快なものだと認識している節がある。

郁もうちに来た時など、想夜歌に付き合ってアニメを見ているのでまったく知らないわけではない。一応は子ども向けのアニメなので、郁も楽しめるのだろう。

「行くわよ」

なぜだか一番気合が入っている暁山《あきやま》に先導され、イベント会場に入った。

「ミニスカちゃんだ！」

入口の自動ドアを抜けた瞬間、想夜歌が声をあげた。

受付の前にいたのは、ミニスカちゃんの着ぐるみだ。

「ほんものだ！　すごい」

このアニメのキャラクターは擬人化した衣服という設定なので、ミニスカートを穿《は》いた誰か、ではなくミニスカートそのものが主人公である。スカートの中央に顔があり、そこから手足が生えているような姿なので……正直かなり不気味な造形をしている。

想夜歌《そよか》や女子たちによると、それが可愛《かわい》らしい。

「これが本物のミニスカちゃんなのね。なかなかのセンスだわ」

「お前、それっぽく言ってるだけだろ」

あと、確実に本物ではない。アニメキャラに本物もなにもないけど。

着ぐるみだと、当然ながら人間大になる。……まあ、こういうゆるキャラだと思えば、それほどおかしくはないな。

ちなみに、女性キャラがボトムスで男性キャラがトップスだ。

「ミニスカちゃん、かわゆい！」

想夜歌が黄色い声を上げると、着ぐるみも動きで応えた。

言葉を話せない分、全身を動かして表現しなきゃいけないから中の人は大変そうだよな。

ミニスカちゃんは照れたように両手を顔にあたる部分に当てる。

「そ、そうだな！　想夜歌が言うことに間違いはない」

「でしょー。ミニスカちゃんはかわゆいの！」

着ぐるみを見た想夜歌は大興奮だ。

俺の手をぱっと離して、駆け寄っていった。

ほとんど抱き着くような勢いで、ミニスカちゃんに突撃する。そして、満面の笑みを俺に向けた。

「お兄ちゃん、しゃしんとって！」

「いいぞ！　……う、嘘《うそ》だろ？　まさか想夜歌から撮影をお願いされる日が来るなんて……っ」

一拍遅れて、その事実に気が付いた。感極まって涙が溢《あふ》れてくる。

いつもは写真を撮りすぎて嫌がられているから、新鮮な気分だ。

「何枚でも撮るぞ！　百枚か？　二百枚か？」

想夜歌はミニスカちゃんに密着して、胴体？　に腕を回した。

俺はスマホを構えて、シャッター音を響かせる。連写機能を使っているから、音が止《や》むことはない。

心なしか、着ぐるみの中の人がドン引きしている気がする。が、構わない。想夜歌の可愛い姿を記録に残すためなら、俺の恥など知ったことか！

ついでに動画も撮っておこう。

「あいとー！」

「ま、待ってくれ想夜歌。あと十枚だけ……」

「もういい」

想夜歌《そよか》は満足したのか、着ぐるみから離れてぺこりと頭を下げた。

そんな、せっかくの撮影タイムが！

「なるほど、これが可愛《かわい》いのね」

隣で、暁山《あきやま》がぼそりと呟《つぶや》いた。

そして何を思ったのか、ミニスカちゃんの隣に立って俺を見た。

数秒、そのまま立ち尽くす。

「……なにやってんの？」

「写真を撮りなさい」

「はぁ……」

大人しく従って、スマホを構える。想夜歌以外撮る気なかったんだけど。

暁山は棒立ちしているだけなのに、妙に様になっている。

ただ立っているだけの暁山と着ぐるみのツーショットを撮影し、メッセージアプリで共有する。

「ふふ、これで私も最新ね」

「柊《ひいらぎ》よ、頼むからこいつに普通を教えてやってくれ」

暁山の迷走が止まらない。

最後に郁《いく》も写真を撮って、撮影会は終わった。

長々と申し訳ない……。

「ミニスカちゃん！」

去り際に、郁がミニスカちゃんに話しかけた。ぐっと拳《こぶし》を握り、真剣な顔で見つめる。

「がんばって！　おうえんしてる。うわきは、わるいことだから」

「俺以外にも普通の感性の人がいて嬉《うれ》しいぞ郁！」

おかしいのは俺のほうかもしれない、と心配だったからな！

「うちの弟が優しすぎるわ……。でも、誰にでも優しくしたらダメ。ミニスカちゃんだって、一応結婚している身なのよ」

おかしいやつ筆頭の姉がなんか言ってる。

「そぉか、しゅっぱつ」

常人のはるか先を行く想夜歌が、元気に進み始めた。

「そっちじゃないぞ」

「あってる」

「まだ受付してないし」

なにもないほうに進んでいく想夜歌を連れ戻して、受付を済ませる。

アニメのイベントといっても、規模は小さい。期間限定のイベントで、概要としては展示とグッズ販売、コラボカフェくらい。それでも、お客さんはそこそこ入っているようだった。

通路を進むと、展示コーナーが現れた。壁一面に描かれた相関図では、複雑に矢印が絡まっている。存外にキャラクターが多い。みんな不倫や浮気してるんだけど、この世界大丈夫……？

他には、通路に沿ってイラストやぬいぐるみが飾られていた。

子ども向けのイベントとして相応《ふさわ》しい、ファンシーな空間だ。

『ねえ、いつミニスカと別れるの？　早く私とセットアップしましょう？』

『ジーンズ……。ああ、すぐにでも別れるさ。それより、いつもの』

『わかってるわよ。はいこれ、今日もタンクトップから巻き上げてきたわ』

モニターからは、アニメのワンシーンが流れている。

……見た目はファンシーなのに、セリフが不穏《ふおん》すぎない？

「ジーンズさん、ひどい……」

想夜歌《そよか》が口に両手を当てて、モニターに見入っている。

タンクトップ氏はなかなか不遇なキャラクターのようだ。貢いだ金は白シャツに流れているらしい。

俺は想夜歌が見ているのを横で聞いているだけなので、あまり内容は把握《はあく》していない。アニメに夢中になっている姿が可愛《かわい》すぎて、想夜歌ばっかり見てしまうから仕方ないな！

「暁山《あきやま》はアニメの内容わかるのか？」

「ええ、予習してきたわ」

どや顔でカバンからメモ帳を取り出し、開いた。覗《のぞ》き込むと、びっしりとキャラクターの情報が書かれている。

そして、想夜歌の横に移動し、真剣に展示を見始めた。

「真面目かよ……」

楽しむというより、勉強しているような姿だ。感心したようにうんうんと頷《うなず》きながら、ペンを走らせる。

暁山が流行《はや》りものに興味を示すのは意外だ。

郁《いく》が好きなアニメならともかく、今回はそうでもなさそうだし。その証拠に、郁はぼーっとして暇そうだ。

「すみちゃん、みて。ミニスカちゃんの、なつばーじょん」

「夏バージョン……？　ミニスカートの色が変わるの？」

「そう！　かわゆいでしょー」

「身体《からだ》そのものがミニスカートなのに、どういう仕組みなのかしら……？」

「むう、かわゆいからいいの！」

「そうね。可愛いわ」

暁山は中腰になって想夜歌と目線を合わせながら、説明を受けている。

お姉さんが真剣に聞いてくれて、想夜歌《そよか》は得意げだ。暁山《あきやま》の手を引いて、喋《しゃべ》りながらどんどん進んでいく。

「姉ちゃん、さいきんたのしそう」

手持ち無沙汰《ぶさた》になった郁《いく》が、俺の手を握る。

「郁から見てもそう思うか？」

「うん。ともだちができたから？」

「そうかも。一人だけだけどな」

出会ったころの暁山からは想像できないくらい、最近は表情が豊かで、柔らかい。

それはきっと、柊《ひいらぎ》の影響だろう。彼女と友達になったことで、郁以外のことにも目を向けるようになった。

別に、郁の優先順位が下がったわけではない。けれど、今までは本人が言っていたように、郁に依存していた。それが緩和され、世界が広がったことはいい事だと思う。

ミニスカちゃんを見始めたのだって、暁山の趣味というわけではなくて、クラスメイトに歩み寄ろうと考えた結果だろう。……手段が間違っているような気がしないでもないが。

「ともだち、ひとりじゃないよ」

「ん？」

「きょうた兄ちゃんも、姉ちゃんのともだちでしょ？」

「……まあ、そうだな。ママ友だけど」

「あと、そよかちゃんも？」

郁は本当に嬉《うれ》しそうな顔で、にっこりと笑った。

「姉ちゃんにともだちができて、うれしい」

想夜歌に振り回される姉を見て、そう言った。

……暁山よ。弟にぼっちだと思われていたみたいだぞ。

郁と男同士の友情を育《はぐく》んでいると、想夜歌が俺の元へ戻ってきた。

「お兄ちゃん、たいへん！」

「ど、どうした想夜歌！」

「すみちゃん、ふりんすきだって」

「人聞きが悪すぎるからやめてあげて……？」

まるで暁山が不倫交際しているみたいじゃないか。なまじ大人っぽくて美人だから、妙に説得力がある。

暁山は苦笑しながら、想夜歌の頭を撫《な》でた。

「私も罪な女ね……。でも大丈夫。郁一筋よ」

「えー、お兄ちゃんは？」

「響汰《きょうた》は……」

想夜歌《そよか》に問われた暁山《あきやま》が、俺と目を合わせる。

なぜか、そのまま何も言わない。そのせいで、束《つか》の間《ま》の静寂が訪れた。

想夜歌はわくわくしながら続きを待っているし、俺と郁《いく》は口を開くタイミングがない。

『あなたのことが本気で好きなの。私以外見ないで？』

……近くのスピーカーから、ジーンズさんの声が流れてきた。

なんて間の悪い……いや逆に良いのか？

不意を突かれた暁山は、焦《あせ》ったように右手で髪を弄《いじ》る。

「す、好きじゃないわよ。響汰《きょうた》はそうね、ただの遊び相手だわ」

「落ち着け暁山。語弊が生まれる」

とんでもないことを言い始めた。

ミニスカちゃんに毒されてないか……？　想夜歌の教育に悪いとは常々思っていたが、今まで真面目に生きてきた暁山も変な影響を受けているようだ。この手の話には疎《うと》そうだし。

暁山の発言に想夜歌が「きゃー」と口を押さえた。

「お兄ちゃん、あそばれちゃう」

「喜ばないで!?　俺を弄《もてあそ》んでいいのは想夜歌だけだぞ」

「そぉかは、あそぶのすきです」

「普通の遊びのほうだよね？　男遊びじゃないよね!?」

くっ、想夜歌が魔性の女にならないか心配だ。

世界一可愛《かわい》いからモテるのは当然だけど、純情で清純だから大丈夫だと思いたい……。

「はぁ。また騒いでいるわ。郁、変な人からは離れなさい。危ないわよ」

「今回の元凶はお前だ。確実に」

知らん顔しながら、暁山が郁を抱き上げる。

元はと言えば、暁山が焦って変なことを口走ったのが原因だ。

『ジーンズさん一筋だったはずが、僕はいつの間にか、あの子に惹《ひ》かれていたみたいだ』

タンクトップ氏のボイスが流れる。

その音声が、妙に耳に残った。


「おなかすいた」

想夜歌のその一言で、お昼を摂《と》ることに決まった。展示や着ぐるみに興奮して、ずっと歩き回っていたからお腹《なか》も空《す》くだろう。

特に相談することなく、イベントの一部であるコラボカフェに入ることになった。

コラボカフェが一番の目玉なのか、展示コーナーよりも人が多い。

家族連れよりも、若い女性が多いように見える。ほんとに流行《はや》ってるんだな。

「なんだかファンシーな空間ね……」

晩山《あきやま》は居心地が悪そうに苦笑いする。

「まあな……。一応子ども向けの作品だし。見た目だけは」

ピンクや水色など明るい色が中心のこのカフェは、晩山からしたら落ち着かないだろう。

ただ暁山ほどの美少女であれば、可愛《かわい》らしい色合いでも似合ってしまうから困る。

背筋をぴんと伸ばして座り真剣にメニューを見る姿も、見た目と趣味のギャップが多くの男に刺さること間違いなしだ。

「ふふ、これで私も今時の女子高生の仲間入りね」

……この残念さがなければ、だけど。やはり美少女は、遠目に見るだけでいいな。

「そぉか、ぱんけーきがいい」

足をばたつかせながら、想夜歌《そよか》がメニューを指差す。

コラボカフェなので、ただのパンケーキではない。その名も『ジーンズさんの誘惑《ゆうわく》パンケーキ』。ダメだとわかっていても手を出してしまう、味が濃くて高カロリーなソースが掛かっている。普通に美味《おい》しそう。

他のメニューにも、ざっと目を通す。

『豚と卵の不倫丼』

『ミニスカちゃんの純情パスタ』

『白シャツさんの朝帰りトースト』

うん、コラボカフェらしい取り合わせだな！　アニメの内容に忠実だ。今さら驚かないぞ。

各々《おのおの》で好きなものを選び、注文する。

多少混んでいるが、ほどなくしてドリンクが運ばれてくる。

中でも面白いのが『不倫目撃ココア』。想夜歌と郁《いく》が注文したやつだ。

「いく、みて。白シャツさんとなかよし」

「ほんとだ」

マグカップの側面には、物語冒頭では仲のいい夫婦であるミニスカちゃんと白シャツの姿が描かれている。

二人はふーふーと冷ましながらココアを飲んでいく。

やがて中身が半分くらいになったころ、マグカップのイラストに変化が現れた。

「ジーンズさんがでてきた！」

白シャツの隣に、ジーンズさんのイラストが少しずつ浮かび上がってきたのだ。

代わりに、ミニスカちゃんが薄くなって消えていく……。

「そぉか、みちゃった」

「ふりんしてたね」

「してた！　たいへん。ミニスカちゃんにおしえてあげないと！」

ココアを飲み干した想夜歌と郁が盛り上がっている。

温度で絵柄が変わるタイプのマグカップみたいだ。ちなみに、マグカップは持ち帰ることができる。

「おかわり！　ミニスカちゃん、もどってきて！」

「そのマグカップ貰《もら》えるから、家に帰ったらまたやろうな」

「やる」

しかし、保管する時はお湯なんて入っていないから、基本的に不倫している姿のままってことだよな……？　ミニスカちゃん、なんて不憫《ふびん》な子。幸せになってほしい。

次に、料理が運ばれてくる。

キャラクターを模したデザインだったり、服の形の旗が立てられていたりするが、まあ普通の料理だ。無難に美味《おい》しい。

四人でわいわい喋《しゃべ》りながら、食事を進める。

「なんか、かぞくみたい」

ふいに、郁《いく》が小さく呟《つぶや》いた。

「郁？　もちろん、私は郁の家族よ」

「きょうたにいちゃんも、そよかちゃんも。ほんとうのかぞくだったらいいなぁ」

郁がにっこりと笑って、そう言った。

想夜歌《そよか》にとっても郁にとっても、いわゆる一般的な家族は知識の中でしか知らない。寂しい思いをさせてしまっている。

特に郁は父親と死別しているし、うちの父親は海外で働いていて帰ってこない。

だからだろうか。四人で食事をしている光景が、ふと家族のようだと思ったんだと思う。

「郁……」

困ったように、暁山《あきやま》が眉を下げる。

「そぉか、いいとおもう。つまり、ふりん」

「違うと思うぞ」

「じゃあ、けっこん？　お兄ちゃんとすみちゃん、けっこんだ！」

「……あ、いや、ははは、想夜歌はまたそんなこと言って。俺は想夜歌と結婚するつもりだからな！」

「やだ」

え、嘘《うそ》。フラれた……？

お兄ちゃんと結婚する！　って昔は……いや、一度も言ってもらったことなかったわ。

暁山をちらっと見ると、目が合った。口を少しだけ開けて、なにか言いたそうにする。しかし、彼女はなにも言わないまま、目を逸《そ》らした。

どういう反応？

とりあえず言えるのは、ミニスカちゃんの世界にたくさん触れて恋愛モードに入っている想夜歌《そよか》を連れて、いち早く帰る必要があるということだな。
これ以上余計なことを言う前に！

二章　妹の夢が可愛すぎる。

「先生、なぜ俺は夏休み前日に、職員室に来ているのでしょうか？」

期末テストではなんとか補習を回避し、明日からは想夜歌《そよか》に全ての時間を使おうと意気込んでいる夏休み前日の今日。

終業式が終わってすぐ、俺はキジちゃんこと雉村《きじむら》先生に、職員室に呼び出されていた。

俺や暁山《あきやま》のクラスの担任である彼女は、怒った風に腕を組んできりっと顎《あご》を引いていた。しかし、ふわふわした雰囲気《ふんいき》を隠せていないので、まったく怖くない。

「私が呼んだからだよ……？　もしかして三分で記憶消えちゃうタイプ？」

めっちゃストレートにディスられた気がする。

「想夜歌のことでメモリーがいっぱいで……」

適当にそう答えると、先生は疲れた顔をしながら、右手で目頭を揉《も》んだ。

「やっぱ教師って激務なんですね……。お疲れ様です」

「今のストレスの原因は昏本《くれもと》君だけどね!?」

「そんな、俺ほどの優等生はそういないのに」

「優等生は呼び出されたりしません」

そりゃそうだ。

とはいえ、説教を受けるような心当たりは一つもない。俺はいち早く想夜歌を迎えに行くために、放課後の掃除は最大効率を極めて最速で終わらせている。これでも、サボったことはないのだ。

「昏本君、なんで職員室に呼び出されたのかわかる〜？」

「あの、キジちゃん……その歳でぶりっ子はきついっす」

「まだ二十七だよっ！」

雉村先生はドンと机を叩《たた》いて立ち上がった。予想外に大きな音が出て驚いたのか、先生は「あっ」と声を漏《も》らす。

周りの先生方から視線を向けられ、バツが悪そうに座った。腕を投げ出して、机に突っ伏す。

「うぅ、先生、昏本君に虐《いじ》められてます。みんなからは若くて可愛《かわい》い先生として超大人気なのに……」

「そういうこと自分で言っちゃいます？」

「昏本君がロリコンっていう噂《うわさ》は本当だったんだ！」

「教師のセリフとは思えねぇ……」

たしかに男子生徒の中では若くてエロいと評判だ。プラス十五歳まで行けると豪語する瑞貴《みずき》は、よくからかって遊んでいる。生徒たちからはキジちゃんと呼ばれ親しまれていて、友達感覚だ。舐《な》められているとも言う。

ちょっと抜けてるところも可愛《かわい》らしい。

ちなみに、強《し》いて言うなら俺はロリコンじゃなくてシスコンだ。

「呼び出した理由はね、これよこれ。先週提出してもらった進路調査票！」

高校二年生にもなると、卒業後の進路を考える時期になってくる。中には一年生のころから目標を定めて頑張っている者もいるが、それは少数派だろう。偏差値で言えば中の上の公立高校なので、大半の生徒は「行けそうな大学の中で一番良い所に進学」とか、その程度の意識だ。

俺もご多分に漏《も》れず、進路なんて大して考えていない。進路調査票も、なにを書くか悩んでなかなか提出できずにいた。

しかし先日、期限が過ぎてからなんとか提出したそれは、間違いなく先生の手に渡ったはずだ。

「それが何か？」

「え……？　自覚なし？　あれれ、私がおかしいのかな」

雉村《きじむら》先生はむむむ、と首を傾《かし》げて、手元の紙に鼻先が付くくらい顔を近づけた。

俺は肩を竦《すく》めて退出しようとする。まったく、何もおかしなことは書いていないというのに。

「やっぱおかしいよ！」

背を向けた俺の肩を、雉村先生ががしっと掴《つか》む。

仕方なく振り向くと、先生がパン、と進路調査票を突き出した。俺に見えるよう、顔の前でひらひらと揺れるそれには、間違いなく進路が記入されている。

「昏本《くれもと》君、文字読める？　第一志望はなんて書いてある？」

「ケーキ屋さんですね」

「うんうん、君なら美味《おい》しいケーキを作ってくれそうだね。第二は？」

「魔法少女っす」

「なんでなの!?」

「最近テレビアニメにハマってるんすよ」

「夢見がちだね……ちなみに第三は？」

「読めばわかるでしょう……お母さんです」

雛村先生はがっくりと項垂《うなだ》れて、よろよろと椅子に座りこんだ。

俺は真面目に『進路を調査』してきたというのに。

「一応聞くんだけど、いやほんと、先生もこんな不毛なこと聞きたくないよ？　でも大事な生徒が変な方向に行かないようにするのも私の役目っていうか……これ誰の進路？」

「妹っす」

「ううう、そんなバカな子に育てた覚えはありません！」

先生が目を押さえて泣きまねをした。

俺も先生に育てられた覚えはないな。去年の担任は違う人だったし。

「いやー、可愛《かわい》いですよね。俺的には『お兄ちゃんのお嫁さん』って言って欲しかったんですけど、誘導しても絶対言ってくれないんですよ。名前想夜《そよか》歌って言うんですけどね。あっ、夜を想う歌って書いて想夜歌です」

「良いお兄ちゃんだね……？　書き直しです。来週までに持ってくること」

適当な返事とともに、新しい進路調査票を貰《もら》った。後半は結構マジトーンだ。

書き直しか。まあ当然だな。もとより時間稼ぎのつもりだったから、まさかこれで通るとは思っていない。

「……ん？　来週？　あれ、夏休み中ですけど」

「あなたたちはそうでも、先生は社会人だからね」

「あ、いえ。先生じゃなくて俺が。夏休み中に学校に来たくないっていうか……」

「なにか言ったかな？」

なんとか逃げようとしたけど、にっこりと口角を上げた雉村《きじむら》先生に封殺された。目はまったく笑ってない。

……うん、これはマジなやつだ。ごねると余計に厄介《やっかい》なことになる。

「わ、わかりました」

「よろしい」

俺の返事に、雉村先生は鷹揚《おうよう》に頷《うなず》いた。

そして、気が抜けたように机にぐったりと項垂《うなだ》れた。

「あのさぁ、君の家庭の事情はある程度把握《はあく》してるよ？　でもそれとこれは話が違うじゃない」

「まあ今回はちょっとふざけすぎましたね。反省してます」

素直に頭を下げても、先生は怖い顔をしたままだ。

「そーじゃないの」

「え？」

「妹さんの面倒を見ることと、あなたの進路は別の話だって言っているんだよ」

「……なに、言って」

見透かすような瞳に、不覚にもドキッとした。

いつもフワフワしているくせに、時々こうして真剣な顔を見せるからずるい。

「昏本《くれもと》君、賢いから言いたいことくらいわかるでしょ？　むむ、テストの点数は悪いから賢くないかも……？」

「一言が余計すぎる」

先生の気持ちは嬉《うれ》しいし、彼女の言いたいことが正しいこともわかる。

でも、俺にとっては想夜歌が全てなんだ。

多少は改心してくれたのだとしても、滅多《めった》に帰ってこない両親になんて任せられない。大事な、そう自分よりも大事な想夜歌《そよか》のためなら、なんでも犠牲にできる。

自分の将来だって。

「家を離れるのは難しいかもしれない。でもね、それなら近場の大学っていう選択肢もあるじゃない？　高校よりは忙しいけど、授業の時間を調整すればなんとか……」

「ありがとうございます。……ちゃんと考えてみます。失礼します」

「う、うん。……あのね、昏本《くれもと》君」

職員室の引き戸に手を掛け、首だけで振り向いた。

「私、意外と生徒のこと見ているから」

「良い先生っすね」

「でしょ？」

にっこりと優しく笑う雉村《きじむら》先生に会釈《えしゃく》して、今度こそ退出した。

学校には部活動や、友達と駄弁《だべ》って残っている生徒がちらほらといた。

廊下を歩きながら、先生に言われたことを考える。

想夜歌に全てを捧《ささ》げているといっても、俺はあくまで高校二年生。進路の選択は、避けては通れない。

あと一年半もすれば、俺は高校生ではなくなるのだ。進学するにせよ、就職するにせよ、今のように想夜歌に付きっ切りというわけにはいかなくなる。

雛村先生が言うように、両立する手立てはあるだろう。

でも、仕事や学業を理由に想夜歌を蔑《ないがし》ろにしてしまっては、結局、俺や想夜歌を長いこと放置していた母さんと同じではないか。

その考えが頭をよぎると、どうしても進路について考えることを放棄してしまう。それこそ逃げだとわかっていても。

俺は想夜歌さえ幸せならいい。結局、俺は想夜歌主体にしか考えられないのだ。

でもニートになって想夜歌に嫌われたら大変なのでなにか考えないと。

「進路、か……」

結局、俺はどうなりたいのだろう。

進路だけじゃない。人として、大人として、兄として……俺はどうなりたい？　想夜歌のことならいくらでも浮かぶのに、俺自身のことはまるでわからないでいた。

それだけじゃない。俺は、想夜歌以外のことに気持ちを向けるのが怖いんだ。そうすることで、想夜歌への愛が減ってしまうような気がして。

そしていつか母さんのように、ほかのことにかまけて、愛情を向けられなくなってしまう。

それが怖くて仕方がない。

「やーい、怒られてやんのー」

考え事をしながら歩いていると、ひどく典型的なセリフが聞こえた。

足元しか見ていなかったから、人がいることに気づかなかったのだ。

声をかけてきたのは、柊《ひいらぎ》ひかるだ。下駄箱に背を預け、ひらひらと手を振っている。

柊はからかうような視線とともに「やほ」と言いながら歯を見せて笑った。

「……柊か。今日は部活じゃないのか？」

「今日は休みー。さすがに最終日くらいはね」

「へー」

そういえば、柊と同じくテニス部である瑞貴《みずき》も、そんなようなことを言っていた気がする。

二人とも、夏休みは部活動漬けの毎日を送るのだろう。そう思えば、たしかに最終日くらいは休んでもバチは当たるまい。

「なんかテンション低くない？　キジちゃんに相当怒られたんだ？　幼児に声かけたりするから……」

「不審者の容疑で呼び出されてたと思われてる!?」

「違うの？」

柊はくすくすと笑って、スマホを弄《いじ》る。

なぜ下駄箱にいるのかは知らないけど、大方、友達でも待っているのだろう。明るく友達も多い彼女が、夏休み最終日という絶好のタイミングで遊ばないわけがない。

まあ俺には関係のないことだ。早く想夜歌《そよか》に会いたいからな！

靴を履《は》き替えようと下駄箱に近づくと、柊《ひいらぎ》が上目遣いで見上げてくる。

「え、くれもっちゃん、突然私に迫ってきてどうしたの？　まさか暗がりの私が可愛《かわい》すぎて、くらっと来ちゃった？」

「お前が邪魔《じゃま》で靴取れないんだよ！」

「うん、知ってる」

知ってて邪魔していたのかよ……。

俺は無視して手を伸ばすと、柊は両手を広げて邪魔してきた。構図的に、本当に俺が襲っているみたいに見える。

「あはは、帰宅部のくれもっちゃんじゃ、私には勝てないよ」

「俺は想夜歌《そよか》部だ！　想夜歌を迎えに行きたいのに、敵の妨害が……くっ、倒さないと先に進めないタイプのモンスターか」

「まさかのモンスター扱い」

なおも邪魔してくる柊を腕で押しのけ、下駄箱をこじ開ける。柊が俺の腕に抱き着くようにして止めようとするが、なんとか靴を取り出すことに成功した。

相変わらず距離が近い……。今さら柊のボディータッチなど気にすることはないけど、誰かに見られたらイチャついているように見えるだろう。暑いだけだけど。

「あーあ、負けちゃった」

「余裕だな」

「でもこれ、痴漢で訴えたら私の勝ちじゃない……？」

「すみませんでした」

いや、俺から触れたのはせいぜい肩くらいだけど。

ようやく飽きてくれたようなので、ゆっくり靴を履く。上履きは持って帰って洗うとしよう。

「じゃ、また夏休み明けな」

俺は適当に挨拶《あいさつ》をして、去ろうとする。

しかし、柊がシャツの裾を掴《つか》んで、俺を止めた。

「待ってよ。せっかく女の子が待ってたのに、置いてくの？」

「……ん？　待ってた？」

「そうだよ。最終日なのに説教されてるくれもっちゃんがかわいそうだから、優しい私が待ってあげてたの。嬉《うれ》しいでしょ」

戸惑う俺に、柊が得意気に言った。

柊はそそくさとローファーに踵《かかと》を入れると、とんとんとつま先で地面を鳴らした。

色々とまとめて持ち帰るつもりなのか、彼女のスクールバッグはぱんぱんだ。両手で持ち上げて肩にかけた拍子に、少しよろけている。

それを誤魔化《ごまか》すように、柊はにっと口角を上げた。

「さ、一緒に帰ろっか。終業式だけだったから、お迎えまでまだ時間あるでしょ?」

彼女の中で、俺と下校するのは確定事項らしい。

実は幼稚園は先週から夏休みに入っているのだが、希望者は預かり保育という形で八月の初旬までは通うことができる。俺も暁山《あきやま》も、学校がある関係で今日までは預かり保育を利用することにしたのだ。

終業式は昼前に終わってしまったので、今行っても早いだろう。

幼稚園は駅の反対方向だが、自転車なら大した距離ではない。

少しくらいなら、柊《ひいらぎ》に付き合ってもいい。

「……荷物、持つぞ」

「うわっ、すっごい嫌々言ってる感じ。でもありがとー」

「ただし、駅までだからな!」

遠慮することなく、柊がスクールバッグを渡してくる。受け取ると、一日分の教科書じゃ到底達成できなそうな重量が、俺の腕にかかった。

「重たいな……」

「夢がたくさん詰まってるからさ」

「教科書とプリントだろ」

てへ、と柊が舌を出してウインクした。

まあ、俺は自転車だから、カゴに載せればそれほど大変でもない。柊と帰るなら、押して歩くことになるだろうし。

他愛《たわい》ない会話をしながら、駐輪場まで移動する。俺が呼び出されているうちに、ほとんどの生徒は帰ったようだ。

野球部は普通に練習のようで、ランニングをしている姿が見える。

自転車を押す俺の横に、柊が並んだ。

「で、何か話でもあるのか？」

「……へー、意外と察しいいじゃん」

意外と、って言葉は余計だ。わざわざ俺を待っていたようだし、さすがにわかる。

静かに柊の言葉を待つ。

彼女はしばらくなにも言わないまま、俺の少し先を歩き続けた。自転車を押しながら、その背中を追う。

「あのね、くれもっちゃんには言っとこうと思ったんだけど」

少し歩いたころ、ようやく柊が口を開いた。

「おう」

「私ね、この夏は本気を出そうと思うの」

手を後ろに組んで振り返って、真っすぐ俺を見つめた。

足を止めた俺はその言葉を聞いて……。

「あ、そう……」

改まって言うから、なにかと思ったわ。拍子抜けだ。

考えてみれば、柊《ひいらぎ》の用件なんて瑞貴《みずき》絡みに決まってる。最初に仲良くなったきっかけだって、俺が瑞貴の親友だったからだ。瑞貴と遊ぶ機会を増やすために、俺に近づいたのだから。

「ご勝手にどうぞ。俺には関係ないし」

再び歩きだして、柊の横を通り過ぎる。

柊はむっとしながらついてきた。

「くれもっちゃん、乙女が真剣に悩んでいるのに、その言い方はひどいよ！」

「今までだってお前は本気だっただろ。なにを今さら」

「わお、そういうことさらっと言えるの、きゅんとしちゃう。でもね、違う」

瑞貴は顔がよく人当たりもいいから、すこぶるモテる。彼のことを好きな女子は大勢いて、告白された回数は数えきれないほどだ。瑞貴が少し優しくすれば、すぐ好意を持たれるから。

最初は柊も、そいつらと同じだと思っていた。

でも柊はミーハーな女子たちと違って、本気で好きだった。それは彼女と関わるようになってからよくわかった。

「今までも本気だったけど、もっと本気出すの」

「そうかよ……。まあ、がんば」

「テキトーだなぁ。私は真剣なんだよ？　今年がラストチャンスなんだから」

「なんで？」

「来年は受験本番だし、部活だって終わっちゃう。もしクラスが別々になったら、瑞貴との接点がなくなっちゃうんだもん……」

柊はそう言って、ぶすっと唇を尖《とが》らせる。

たしかに、今は同じクラスかつお互いテニス部という立場上、関わる機会も多い。

だが来年からは、それが一気になくなるのだと思えば、焦《あせ》る気持ちもわかる。

「だからね、そろそろ攻め時かなって。ずっとアピールしてきたし、これでダメならもう無理だと思うし」

「それで、この夏に？」

「うん。夏休みはテニス部の合宿があるから、その時に告白する」

「もうタイミングも決めてるのか」

柊は少し潤《うる》んだ瞳で、小さく頷《うなず》いた。

告白。俺には縁のない言葉だ。したことも、されたこともない。

俺の心は想夜歌《そよか》でいっぱいだから、誰かを好きになる余裕なんてないんだ……。決して、決してモテないからではない。

「……すげえな」

だから、素直にそう思った。

誰かを本気で好きになって、その思いを告げようというのだ。並大抵の覚悟ではないだろう。

ましてや、相手は瑞貴《みずき》。成功率は高くない。

今までフラれてきた女子の人数を思えば、まず間違いなく失敗するといってもいい。彼は恋人を作る気がないのだから。

しかし、もしかしたら柊《ひいらぎ》なら……。どちらに味方するわけでもないけど、そう思わずにはいられない。

面倒な女子は徹底的に遠ざける瑞貴が、柊だけは近くにいることを許している。だから、嫌ってはいないはずだ。だからって付き合えるとは限らないけど、可能性はあるように思う。

……俺としては別にどっちでもいいのだが。

「まあ、頑張れ。俺にできることはなにもないけど」

「それでいいよ。いっぱい協力してもらったもん。あとは自分で頑張る」

「あれ、てっきり今回も協力してくれって言われると思った。夏休みに、またどっか行くとか」

瑞貴を誘うために俺や暁山《あきやま》も混ぜて遊びに行くことは、今まで何度かあった。

複数人の集まりなら、瑞貴も来てくれるからだ。

今日俺を待ち伏せしていたのは、また協力してほしいからだと思ったのだが。

「んー、くれもっちゃんが私と遊びたいっていうなら考えてあげてもいいけど……」

「すまん、夏休みはちょっと予定が」

「一か月くらいあるのに全部!?　ごめん寝てたって返信くらい嘘《うそ》っぽいよ」

「本当だぞ。俺のスケジュールは、毎日想夜歌《そよか》の名前で埋まってるからな！」

「知ってた～」

けたけたと口に手を当てて笑う。

なんだかんだ柊とも仲良くなったし、遊んでもいいんだけどな。もちろん、想夜歌も一緒に。

「でも、今回は本当にいいんだ。合宿とか部活で会うタイミングはたくさんあるし……。それに、付き合うんだったら二人でデートくらいできないとね」

「そりゃあな……。俺の協力がいらないなら、なんで今日、わざわざ待ってたんだ?」

結局なんの用事だったんだ。

まさか荷物持ち……?

「私だって不安なんだよ」

「……はい?」

「もう。わかってよ」

柊は指先で髪をくるくる回す。

「ずっと好きだったんだもん。告白するのは怖いよ。もしかしたら、上手《うま》くいかないかもしれない。今の関係が壊れちゃうかもしれない。そう思うと怖くて、不安なんだよ。当たり前じゃん」

「……なるほど」

クラスの人気者で、友達が多くて、オシャレで、可愛《かわい》くて。完璧《かんぺき》に思える柊《ひいらぎ》でも、恋愛で不安になることがあるのか。

柊の弱気な姿は珍しい。でも、それだけ真剣なんだと思う。

「だから、くれもっちゃんには聞いてほしかったの。ただそれだけ。言っておかないと、決意が揺らぎそうだからさ」

「柊……カッコイイな」

「可愛いって言ってよ」

「可愛い可愛い。想夜歌《そよか》ほどじゃないけど」

そう言うと、柊が俺の肩を小突いた。それで満足したのか、歩くペースを上げ、俺の前に進み出た。

結局、話し相手が欲しかっただけってことか？

女ってわかんねえ……。

それとも、俺も誰かを好きになれば理解できたりするのだろうか。

「あっ」

そろそろ駅に着こうかというころ。

隣で、柊が小さく声を漏《も》らした。

「ん？　どうし――」

何事かと足を止める。

問いかけようとすると、柊が「しっ」と人差し指を立てた。

柊は隠れるように、数歩下がって俺の背中を摑《つか》んだ。

「あそこ、あそこ見て」

肩越しに伸びた指を追うと、駅前に見知った人影が見えた。

「瑞貴《みずき》か。よかったな。さっそく会えたぞ」

「そうだけど～。心の準備が」

「えっ、お前ってそんな繊細なタイプだったの？」

「や、違うけどさ……」

そう言いつつ、柊は焦《あせ》った顔で髪を整えている。

その表情はまさしく恋する乙女といった感じだ。俺と話す時と全然違うな……？　別にいいけど。

瑞貴が駅にいた以上、俺の役目は終わりだ。元より俺は自転車だから、一緒に帰るのも駅までの約束だ。

さてこの無駄に重たい荷物を、瑞貴《みずき》に押し付けて、俺は帰ろう。

そう思い、もう一度駅のほうを見ると……。

「あれ？　暁山《あきやま》……？」

駅に併設されたカフェの前に暁山が立っていた。

ちょうど、瑞貴の進行方向にいる。

瑞貴を目で追っていると、そのまま暁山に近づき、手をあげた。瑞貴に気づいた暁山も、顔をあげて小さく頷《うなず》く。

「うそ……」

柊《ひいらぎ》が小さく声を漏《も》らした。俺も驚いて、柊と目を合わせる。

駅前で待ちあわせ？　瑞貴と暁山が？

「澄《すみ》と瑞貴って、そんなに仲良かったの？　しかも学校じゃなくて、わざわざ駅前で待ちあわせなんて、怪しくない？」

柊の声は、少し震えている。

両手を胸の前で握って、じっと瑞貴のほうを見ていた。

「放課後デートなんて、私もしたことないのに」

そして、責めるような口調でそう言った。

「柊……いや、別にデートと決まったわけじゃ」

咄嗟《とっさ》に返しながらも、上手《うま》い言い方が思いつかなかった。柊と同じくらい、俺も動揺していたからだ。

苦しいくらいに鼓動が速くなる。なのに、二人から目を離せない。

暁山が誰といたって関係ないはずだろ。あいつとはただのママ友で、瑞貴は親友だ。二人が仲良いことは、俺にとっても嬉《うれ》しいことじゃないか。

「……想夜歌《そよか》を迎えにいかないと」

気づけば、そう呟《つぶや》いていた。

瑞貴と暁山は、連れだって駅のエスカレーターに乗ったところだ。

暁山は基本誰ともつるまないのに、珍しい。それに、俺と同じで自転車通学のはず。いつもはママチャリで、俺と一緒に幼稚園まで行っているのに……。

「じゃ、じゃあ俺は帰るから……」

「くれもっちゃん、追うよ！　自転車停めてきて」

「は？　それはさすがにおかしいだろ。だいたい、二人がどこに行こうと関係ないし」

「本当にそれでいいの？」

「いいとか悪いとか、そういう話じゃない」

「あーもう、急がないと行っちゃう！」

柊は自転車のカゴから荷物を取って、豪快に肩に担《かつ》いだ。ぱん、と音を鳴らして、両手を顔の前で合わせる。

「くれもっちゃん、お願い」

「俺は別に、暁山《あきやま》がどうしようと……」

「じゃなくて、私のために、だよ。一人じゃ受け止められないかも……」

先ほどの会話といい、今日は柊《ひいらぎ》の新たな一面を知った気がする。

柊ひかるという少女は、もっとメンタルが強くて、割り切っているものだと思っていた。

でも、窺《うかが》うように俺を覗《のぞ》き見るその瞳は、不安げに揺れている。

「まあ、そういうことなら」

「ありがと！」

幸いすぐ近くに駅の駐輪場があったので、自転車を停める。

二人を追って駆け足で駅のホームに入ると、ちょうど電車が到着したタイミングだった。

「くれもっちゃん、走って走って」

「ちょ、はやっ」

柊は重たい荷物を持っているとは思えないほどの俊敏さで、電車に駆け込んだ。さすが運動部、身軽だ。

俺がなんとか乗車に成功すると、すぐ後ろで扉が閉まる音がする。息を整えてつり革に摑《つか》まったころ、電車が動き出した。

車内は満員ではないが、席は空いていないくらいの込み具合だ。

「ふう、間に合ったね」

柊がハンカチを取り出して、額を拭《ぬぐ》う。

俺も真夏の暑い中走ったから、首元に汗が滲《にじ》んでいる。カバンからうちわを取り出して、煽《あお》いだ。

「あちい……。ていうか、この電車で合ってるのか？」

学校の最寄り駅は一つの路線しか通っていないが、逆方向だったり、すでに行ってしまっている可能性もある。

慌てて乗ったけど、見当違いの電車だったら無意味だ。

「合ってるよ。ほら」

連結部の窓越しに、隣の車両を指差す。

そこには、俺たちと同じように立っている瑞貴《みずき》と暁山がいた。

「ほんとだ」

「私が瑞貴を見逃すわけないじゃん」

「ちょっと怖い発言だな……。恋のハンターってやつか」

「は？」

深く考えず冗談を言ったら、真顔で首を傾《かし》げられた。悲しい。

男とは、しょーもない冗談を思いつけば口に出さずにはいられない生き物なんだ……。許してくれ。

「探偵みたいだね」

「やっぱ趣味悪くないか？　クラスメイトを尾行するなんて」

「でも、くれもっちゃんも気になるでしょ？」

「……まあ、少しは」

俺だって、気にならないと言えば嘘《うそ》になる。

だがそれはあくまで、俺が二人と友達だからだ。

特定の女子と必要以上に親密になろうとしない瑞貴《みずき》。

同じく、特定の誰かと親しくしない暁山《あきやま》。

二人が放課後にどこかへ行くなんて、あり得ないと思っていた。四人で遊ぶ機会が増えても、二人が直接絡むことは少なかった。

「暁山……」

趣味が悪いとはわかりつつも、暁山の様子を窺《うかが》ってしまう。

一見、瑞貴が一方的に話しかけているように見える。暁山の反応は薄い。……それになぜか安心している自分がいた。

「暁山が俺以外の男に心を開くはずがないのに……って、思ってる？」

「それ、俺の声真似《こえまね》か？」

「似てるでしょ。想夜歌《そよか》ちゃんにも好評なんだよ」

「いつの間にそんな遊びを!?　くっ、俺には絶対できないやつじゃねえか！」

柊《ひいらぎ》は顔も真似しているつもりなのか、変に顎《あご》をしゃくらせている。俺そんなんじゃないよね？

あと声も全然似てないと思う。言っている内容も含めて。

「あー、はぐらかした」

「……いや、見当違いすぎて答える必要性がなかっただけだ」

「ふふっ、そう？」

柊は小さく笑う。

当然だ。俺以外の男に……なんて、まるで嫉妬《しっと》しているみたいじゃないか。

理性では否定しつつも、今も瑞貴と話している暁山の表情を窺っている。

喉が締め付けられるように苦しくて、耳の後ろがじんわりと熱を持った。聞こえてくる音が鈍い。自分が思う以上に、動揺しているようだった。

なぜだろう。暁山が誰と仲良くしようが俺には関係ないのに。

「別におかしい考えじゃないと思うよ。私も、瑞貴を独占したいし、ほかの人と喋《しゃべ》ってほしくない。だって、好きだから」

「……瑞貴に求めるのは間違ってないか？　そんな一途《いちず》な奴じゃないだろ」

「わかってるよ。でも、思うのは自由でしょ」

そういえば、暁山《あきやま》とトラブった時もそんな原因だったか。瑞貴《みずき》に媚《こ》びるでもなく特別扱いされる暁山が気に入らなかったと。

恋愛感情の一つとしては、普通なんだろう。

自分だけが知っていたい。独占したい。……その感情に、まったく覚えがないわけじゃない。

「俺は……そういうのじゃねえよ。暁山が瑞貴みたいな奴に騙《だま》されたらかわいそうだなって思っただけで」

「ふむふむ、瑞貴にとられたくない、と。もう好きじゃん」

「ちが……」

否定しようとした時、駅に着き電車が停車した。

視界の端で、暁山と瑞貴が動き出すのが見える。

「あっ、瑞貴たち降りるみたいだよ！」

柊《ひいらぎ》が「降ります！」と言いながら、慌てて飛び出す。

やっぱり、このまま追いかけるのはどうなんだ？　と思いつつも、俺も柊に続いて降車した。

学校から数駅。横浜《よこはま》まで行くほどじゃないけどちょっとした買い物に……くらいのテンションで来る場所だ。

「追いかけるよ！」

「また走るのかよ……」

真夏に運動なんてしたくないのに。

階段を駆け上がると、ちょうど改札を抜ける二人の姿が見えた。

なんで、こんなに頑張って走っているんだろう。

柊に言われたから？

それもあるけど、正直、俺も知りたいと思った。暁山と瑞貴のことじゃない。俺のこのもやもやとした感情の正体を、知ることができると思ったんだ。

「まあでも」

走りながら、柊が俺を横目で見る。

「私はお似合いだと思うよ。澄《すみ》とくれもっちゃん」

だから頑張れ、と俺の肩を叩《たた》いた。

お似合いだとか言われても困る。俺にそんなつもりはないのだから。

……その、はずだ。

でも、なぜだか胸が軽くなった気がした。

「あれ？　止まった」

「本当だな」

暁山と瑞貴は、駅ビルの案内板を背に立ち止まった。

そして、少し離れたところで柱の後ろに隠れる俺と柊《ひいらぎ》。

……完全にストーカーの構図である。

「ふむふむ、私の推理によると、二人は道に迷ったんだね」

「にしては、地図を見てる素振りもないな」

「わかった、話が盛り上がって、ゆっくり喋《しゃべ》りたくなったんだ。つら……」

「自分で言って自分でダメージ受けてやがる」

さっきから柊の情緒がおかしい。

柊は瑞貴《みずき》が好き。それは知っていたけど、強《したた》かな一面しか知らなかった。実は、結構悩んだりしていたのだろうか。

「普段の柊なら、隠れないで普通に話しかけるんじゃないのか？　俺は帰るから、行ってこいよ」

「んー……。今までだったらそうかも。でも告白するって決めたら、なんか怖くて。余計なことして瑞貴に嫌われたくない。それに、邪険にされたら立ち直れない」

「そういうもんか」

「そういうものだよ」

俺たちがこそこそ話している間も、二人は動かない。

駅直結のビルで、服飾雑貨を中心に様々な店舗が入っている。買い物にはうってつけの場所だ。だというのに、買い物に行くでもなく、二人はただ立っているだけ。

稀《まれ》に会話もしているようだが、それほど積極的でもない。

数分が経過しても状況が変わらなかった。

「なんだろ？」

柊と目を合わせる。

暁山《あきやま》と瑞貴は動かない。まるで誰かを待っているかのような……。

「あれれ？　柊さんと昏本《くれもと》君だ」

その時、後ろから聞き覚えのある声が聞こえた。

二人で勢いよく振り向く。

「え？　キジちゃん？」

柊が口に手を当てて、目を丸くする。

そこにいたのは、さっき学校で別れたばかりの雉村《きじむら》先生だ。

「先生、なんでここに……」

固まる俺たちに、先生も首を傾《かし》げる。

そして、得心がいったように手を叩《たた》いた。

「あー！　もしかして二人って付き合ってるの？　全然気が付かなかった～。ごめんね、邪魔《じゃま》しちゃって。いいなぁ、青春だなぁ。私には相手がいないっていうのにさ」

一人で盛り上がったあと、一人で落ち込んでいる。感情豊かだな……。

柊《ひいらぎ》は珍しくフリーズしているので、俺が一歩前に出た。

「付き合ってません……。あっ、でも、このことはどうか内密に！」

俺と柊が一緒にいるのは、暁山《あきやま》たちを尾行していたからだ。

それがバレるのはまずい。

「内密！　なんかエロい！」

「おい教師」

大声でなにを言っているのだろう。

ていうか静かにしてほしい。一応、俺たちは隠れているわけで……。

焦《あせ》ったのも束《つか》の間《ま》。

「あちゃー……」

柊が頭を押さえて、呟《つぶや》いた。

その視線は、俺たちが隠れていた柱の向こうに注がれている。

「きょ、響汰《きょうた》？」

暁山の呆《ほう》けたような声がした。

釣られて、視線を向ける。

「暁山……」

離れたところにいたはずの暁山と瑞貴《みずき》が、すぐ近くに立っていた。

終わった……。

「あの、な」

「……っ」

なにか言い訳をしようと暁山を見ると、彼女はびくっと肩を跳ねさせる。そして、逃げるように瑞貴の後ろに下がった。

え、嫌われた？

「あっ、雨夜《あまや》君と暁山さんもやっほー。ごめんね、遅れちゃって。昏本《くれもと》君の説教が長引いてさ。おかげで仕事がぜんぜん進まなかったの」

「いえ、大丈夫です。私たちも着いたばかりですから」

先生の言葉に、暁山が応える。

「そういうことか……」

二人が待っていたのは雉村《きじむら》先生だったということだ。それで、先生が来た拍子に近くにいた俺たちも見つかってしまったと。

「え？　つまりどういうこと？」

「学級委員の仕事だよ。ほら、休み明けからは学祭とか色々始まるでしょ？　キジちゃんに頼まれて、その買い物に来たんだ。生徒の意見も聞きたいってさ」

未《いま》だ状況を呑《の》み込めていない柊《ひいらぎ》に、瑞貴《みずき》が説明する。

忘れがちだが、暁山《あきやま》は学級委員長で、瑞貴は副委員長なのだ。そこに雉村《きじむら》先生も加われば、学級委員絡みの用事であることは明白だ。

「なんだ、そうだったんだ〜！　学級委員も大変だね！」

暁山と瑞貴が一緒にいた理由がわかって、柊が元気になった。にこにこで、瑞貴に話しかける。

俺たちが尾行していたのは、二人が同行している理由を探るためだったから、それは解決した。問題は、その尾行がバレたことだ。

暁山は、未だに俺と目を合わせない。

いや、ちらちらと見てくるけど、俺が視線を向けると目を逸《そ》らすのだ。これは相当嫌われたみたいだな……。

そりゃそうだ。誰だって、後をつけられていたと知れば不快になる。

「むむむ……どうしよ、最近の子たちは進みすぎてて、関係性がまったくわからない」

「キジちゃんもまだ若いよ」

「ふーんだ。どうせみんなと比べたらおばさんですよー。あ、そうだ。せっかく昏本《くれもと》君がいるし、荷物持ちをしてもらおうかな！」

妙案、とばかりに瑞貴と話していた雉村先生が手を叩《たた》いた。

「なんで俺だけ……？」

非常に気まずいので、一刻も早くこの場を離れたい。

何も言わない暁山が怖すぎるのだ。

しかし、瑞貴が俺の肩を摑《つか》んで、無言の圧力をかけてきた。顔を見ると、全力の笑顔だった。

「帰らせないよ？」

こいつ、わかってて楽しんでやがる……ッ。

「響汰《きょうた》もなかなか隅に置けないね」

「柊とはそういう感じじゃないぞ……？」

「ひかるの話じゃないよ」

瑞貴のにやけ面《づら》がむかつく。

「キジちゃんが来るまでの間、なに話していたと思う？」

「……俺には関係ない」

「そんな怖い顔しながら言われてもね。まあ面白いから教えてあげない」

尾行している間……瑞貴と暁山は普通に会話していたと思う。クラスメイトなんだから話す内容はいくらでもあると思うが、あの暁山が興味のない会話をそれほど続けるとは思えない。

気になる……。だが、瑞貴に教える気はなさそうだし、そもそも他人の会話内容なんて聞きだすものじゃない。

瑞貴《みずき》と暁山《あきやま》がなにを話していようと、俺には関係ないし、聞く権利もないのだから。

「じゃあ決まりね！　放課後に可愛《かわい》い生徒とお買い物。やだ、良い先生っぽい！　これが私の青春？」

職員室での真面目な会話が台無しになる残念なセリフとともに、雉村《きじむら》先生が歩きだした。

五人での買い物は、小一時間で終わった。だが、地獄の時間だった。

元より、買うものは決まっていたようだ。俺は部外者なので、黙々と荷物持ちを遂行《すいこう》した。

買ったのも画用紙やテープなどの消耗品が主なので、それほど重くはない。

空気は重かったけど。

買い物中、暁山になんどか話しかけたけど、全て逃げられた。

反面、柊《ひいらぎ》は開き直ったのか瑞貴と楽しそうに話していた。この状況、主にお前のせいなんだけど……？

また柊と暁山が喧嘩《けんか》するんじゃないかと心配だったから、その点はほっとした。先生によって呼ばれただけのようだし、デートではない。柊の心配は杞憂《きゆう》だったわけだ。

その後、自転車が駅にある俺と暁山は、先生の車で送ってもらえることになった。

「いや、俺は電車で大丈夫です」

「遠慮しないで。昏本《くれもと》君、意外と気を遣うタイプなんだ」

「意外でもなんでもなく俺は気配り上手ですが、今回は遠慮とかじゃなくてですね」

「いいからいいから」

断ろうとしても、雉村先生に押し切られた。

瑞貴と柊とは駅で別れ、先生とともに駐車場に向かう。

「暁山、今日は……」

「……今は話しかけないで」

「ごめんなさい」

話しかけても、ずっとこの調子だ。

そっぽを向いて、一歩離れていく。

もしかして、今までの関係リセットされた？　他人の距離感なんですけど。

他人というか、敵？

気まずい状態のまま車に到着する。オレンジ色の軽自動車だ。

「先生ねー、実は運転得意なんだよ。運転してくれる彼氏がいなかったからね……」

なんか悲しいこと言ってる……。

雉村先生が運転席に乗り込み、暁山は助手席に座った。俺は後部座席、先生の後ろだ。

この位置関係では、会話することもできない。そのことにやや安心しつつ、窓の外を見て過ごした。

先生の雑談に、暁山《あきやま》が淡々と応じる。しかし、盛り上がることはない。

「ううっ、なんだか空気が重たい……。先生、なにかしたかなぁ？」

ごめん先生……。

やがて、学校の最寄り駅に到着した。

先生の運転技術は……彼女の名誉のために黙っておこう。

俺たちが降りると、先生が運転席の窓を開けた。

「今日はありがとうね～。夏休み、あんまり羽目を外しすぎないように！」

「はい。ありがとうございました」

明るく礼を言う暁山に続いて、俺も「ありがとうございました」と頭を下げる。

「生徒を送るなんていい先生……！」

俺たちのお礼に気を良くしたのか、雉村《きじむら》先生が自分で言った。なんか、かわいそうになってきた。

「あ、昏本《くれもと》君はちゃんと提出しに来てね」

「わかりました」

「よろしい」

窓を閉めながら満足気に頷《うなず》くと、先生は去っていった。

やっと終わった。あとは幼稚園に想夜《そよ》歌《か》を迎えに行って、帰るだけだ。

先生の車を見送ると、暁山は俺を一瞥《いちべつ》もせず、駐輪場に歩き出した。

この駅に駐輪場は一つしかない。おそらく、停めている場所は同じだろう。

「ついて来ないで」

「いや、俺もそっちだし……」

暁山は俺から逃げるように、早足で去っていく。これではまるでストーカーだ。

……いや、まるでもなにも、ストーキングしていたのは事実だ。

暁山も相当怒っているようだし、謝るべきだ。

「暁山、悪かった！　瑞貴《みずき》と二人なんて珍しいから、なにをするのか気になって！　柊《ひいらぎ》が尾行しようなんて言い出して、俺もそれに乗っちゃったんだ。ごめん」

「別にいいわよ。そんなことは」

俺が謝罪をすると、暁山は足を止めた。

そして、あっけなく許してくれる。というか、気にもしてなかったような反応だ。

「あれ？　怒ってたんじゃないのか？」

「怒ってないわよ。ただ……っ」

なにか言いかけて、口をきゅっと結んだ。ほのかに頬《ほお》が赤くなっている気がする。

「なんでもないわ」

「ええ……なんだよそれ」

つまり、特に理由はないけど雑にあしらっていたと。

想夜歌《そよか》といい、俺は適当に扱われる運命なのかもしれない。悲しすぎる。

謝ったことが功を奏したのか、あるいは別の理由なのかはわからないけど、重たい空気は霧散した気がする。

でも、まだ会話は少ない。そのまま、駅の駐輪場に到着した。やはり同じ場所だ。

それぞれ自転車を取り出して、道路まで押す。

あとは乗るだけ……というタイミングで、暁山《あきやま》が俺を見た。

「響汰《きょうた》、あのね……」

「ん？」

「私が響汰に、その、あ、甘えたりしたらどう思う……？」

「は？」

なぜか照れたようにもじもじする暁山。突然どうしたんだ……。

暁山が甘える？　え、なにかの思考実験？

まずいぞ、ここで迂闊《うかつ》な答えを出したら、せっかく許してもらえたのに怒りが再燃しかねない。

「勘弁してくれ。暁山が俺に甘えるなんて、ありえなすぎて怖い」

「……帰るわ」

「冗談だ。甘えられるなんて、めっちゃ嬉《うれ》しい！　さあ、俺の胸に飛び込んでこい！」

「嫌よ」

どっちが正解なんだよ！

くっ、ただのブラコンぽんこつ女子高生だと思ってたのに、郁《いく》が絡まないとなにを考えているのかさっぱりわからない。

とりあえず、俺が選択肢をミスったことはわかった。そもそも正解あるの？

「つーか、俺も帰るよ」

出発地点が学校じゃないだけで、いつもと一緒だ。

二人でママチャリに乗って、幼稚園にお迎えにいく。この春夏と、毎日繰り返してきた日常だ。

「響汰」

「今度はなんだ」

「夏休み、たくさん遊びましょうね。郁と想夜歌ちゃんのために」

「あ、ああ。そうだな」

俺がそう答えると、暁山は頬《ほお》を綻《ほころ》ばせて、自転車で走り出した。

想夜歌と郁のため……そうだよな。

それはわかっていても、暁山と夏休みも会えるということに、不覚にも胸が高鳴ってしまった。

風になびく暁山《あきやま》の後ろ髪を少しの間見つめて、俺も自転車のペダルを踏んだ。

三章　私。

早く郁《いく》を迎えにいきたいのに、今日は雉村《きじむら》先生に仕事を与えられてしまった。

学校が早く終わったからいいけれど、やはりもどかしい。

「……まだみたいね」

待ち合わせ場所に立って、辺りを見渡す。少しでも涼を求めて、日陰に立った。

私と同じ制服を着た生徒が、ぱらぱらと駅に入っていく。

雨夜《あまや》君の姿はない。

先生から頼まれたのは、学校行事で使う消耗品の買い出しだ。概《おおむ》ね学校に揃《そろ》っているけど、個別に必要なものは生徒会費で各自購入することになっている。

ちょっとした買い物くらい、私一人で済ませてもいい。雉村先生も遅くなるようだし、雨夜君とも一緒に行く必要は特になかった。

それに、雨夜君には副委員長として私のできない分野で活躍してもらっている。このくらいで手を煩《わずら》わせるのは申し訳ない。

それでも今回、手伝いの申し出を断らなかったのは……彼に相談したいことがあったからだ。

しばらく待つと、雨夜君がやってきた。

「暁山《あきやま》ちゃん、お待たせ。ごめんね、暑かったでしょ」

「大丈夫よ」

「二人で買い物なんて楽しみだね」

「先生も来るから、二人ではないわね」

「冷たいな〜」

そう言いながらも、なぜか嬉《うれ》しそうに明るく笑う。

ひかるや響汰《きょうた》を通じて、彼とも交流がある。でも、二人ほど仲良くはなれていない。

未《いま》だに距離感を摑《つか》み損ねていて、二人きりだとどうしても会話に詰まる。

「まあ、ただの仕事だもんね」

「そうね」

雨夜君のほうも、必要以上に距離を詰めようとしない。

気軽に話しかけてくるけど、決してこちらに踏み込もうとしないのだ。そういう意味では心地いいけれど、真っすぐな感情を向けてくる響汰やひかると違って、なにを考えているのかわからない。

意外と、私と似ているかもしれない。

「じゃあ、行こうか」

爽《さわ》やかな笑みで、雨夜《あまや》君が歩きだす。

……いえ、全然似ていないわね。私と違って、彼は誰に対しても等しく、明るく接する。人間関係が苦手な私では、到底真似《まね》できない。

二人で電車に乗り込んだ。

座席には座らず、扉付近に寄りかかって電車に揺られる。

「やっと夏休みだね〜。暁山《あきやま》ちゃん、夏休みの予定は？」

「弟と遊ぶわ」

「だと思った。ちなみに、響汰《きょうた》とも？」

「……ええ、いくつか約束はしてるわね」

「へー、いいね」

後ろめたいことはなにもないのに、なぜか言い淀《よど》んでしまう。

それを見て、雨夜君が愉快そうに口角を上げた。

「暁山ちゃん、響汰と仲いいよね」

「まあ、そうね」

「あれ、否定すると思った」

仲は……いいと思う。

最初は、郁《いく》と想夜歌《そよか》ちゃんのために関わっているだけだった。でも段々と、響汰自身とも関わるようになって。

料理や看病など、なにもできない私を響汰は助けてくれた。郁のために、と無理をした私を叱って、正してくれた。

でも、すごい人だと思っていた響汰にも、悩みや弱いところがあるのだと知った。私でも力になれるのだと実感した。

まだ、関わって半年も経《た》っていない。それでも……私は、響汰のことを特別に思っている。

雨夜君と話したかったのは、そのことだ。

「否定は……しないわ。したくない」

「へえ」

「それに、もっと仲良くなりたいと思ってる」

迂遠《うえん》な言い回しはせずに、思ったまま口にした。自分らしくもない、素直な発言だ。

雨夜君が目を見開いて、口を噤《つぐ》む。

「でも、どうしたらいいかわからなくて」

父が亡くなってふさぎ込んでから、友達と呼べる人は誰もいなくなった。新しく友達ができることもなかった。人との接し方がわからなくなっていたから。

高校に入っても、ずっと一人。勉強のためと自分に言い訳をして、孤独を紛《まぎ》らわしていた。

自分には郁がいればそれで十分だと、父がいないのに友達なんて作っても仕方がないのだと、自分に言い聞かせていた。

それに、大事な人ができても、いつか失うかもしれない。それが怖くて逃げていた。

でも……響汰《きょうた》が私の心をこじ開けて、友達になってくれた。ママ友っていう、不思議な関係性に。

友達以上で、恋人以上の関係。そう言ったのは私だ。

でも……いつの間にか、それだけじゃ満足できなくなってしまった。

「どうしたら、ママ友以上になれるの？」

気づけば、雨夜《あまや》君に尋ねていた。

ああ、私は欲張りだ。今のままでも十分幸せなはずなのに、どうしてもそれを望んでしまう。

郁《いく》以外の大事な人は作らないって決めていたのに。失うくらいなら、最初からないほうがマシだって思っていたのに。

一度特別だと思ってしまうと、手放したくなくなってしまう。

響汰と想夜歌《そよか》ちゃんと過ごす時間は本当に楽しくて、幸せで。ずっと暗闇だと思っていた私自身の人生が、明るくなった。

雨夜君は笑ったり茶化したりせず、真っすぐ私を見た。

「響汰と付き合いたいの？」

「……違う」

「俺から見ると、二人はお似合いだと思うけどね。だって、響汰のこと好きでしょ？」

「……わからないわ。恋愛なんてしたことないもの。それに恋人って、ほとんどが別れるじゃない」

偏見かもしれないけど、恋人関係はいつか終わってしまうものだと思っている。中学、高校と周囲で恋人関係になった人たちは、ほぼ全員別れた。しかも、別れたあとは険悪になることがほとんど。

それを考えると、私がなりたいのは恋人じゃない……。

そして、いつか終わってしまうのはママ友関係も同じだ。

「私は……響汰を失いたくないの」

少し、手が震える。

もう一方の手で、ぎゅっと握る。でも、震えは収まらない。

父を失ってから、誰とも親しくならないようにした。いずれ失うくらいなら、関わらないほうがマシだって。

郁が生まれてから、郁のための人生になった。郁から愛情を返してもらえなくてもいい。全てを捧《ささ》げて、郁のために生きよう、と。

覚悟を決めた私の中に入り込んできたのは……響汰だ。

そのせいで、いつの間にか、響汰《きょうた》からの親愛を失うのが怖くなった。

「郁《いく》たちが幼稚園を卒園したら、私たちの関係も終わってしまう。郁と想夜歌《そよか》ちゃんが疎遠になってもそう。私と響汰の繋《つな》がりは、全部外にあるから」

「なるほどね」

「恋人になっても、そう。別れてしまったらそれでおしまいでしょう？　そんなの、嫌」

もう二度と、失いたくない。

響汰を大切に思えば思うほど、失う恐怖が私を襲う。

「どうしたら、ずっと失わずに済むのだろうって。……傲慢《ごうまん》だけど、そう思ってしまうの」

私の懺悔《ざんげ》にも似た言葉を、雨夜《あまや》君は静かに聞いてくれた。

「それを俺に聞いたのは、俺が響汰と友達だから？」

「ええ。……二人は、裏表の無い本当の友達、って感じがするもの。雨夜君も、響汰には遠慮がない感じだし」

「なるほどね。つまり暁山《あきやま》ちゃんは、俺なら失ってもいいって思ってるってことかな。ちょっと悔しいけど」

「そういうわけじゃ……」

「ははは、いいんだよ。俺も同じようなものだし」

ひかるじゃなくて雨夜君に相談した理由は、悪く言えばそういうことなんだと思う。

それほど親しくないからこそ、素直になれた側面もある。

でも、一番の理由は雨夜君が響汰の親友だからだ。

響汰と雨夜君は、一緒にいるタイプには見えない。なのにずっと一緒にいるし、気兼ねなく言い合いをしている気がする。

きっと、失うことのない友情ってこういうものなのだと思った。だから、雨夜君に相談することにした。

どうすれば、響汰とそういう関係になれるのかを。

「まあ、たしかに響汰とは気が合うよ。でも、裏表がないっていうのとはちょっと違うかな」

「え……？」

返ってきたのは、思いもよらない言葉だった。

「少なくとも俺は、俺のエゴで響汰と友達になったんだよ。……暁山ちゃんが話してくれたお礼に、こっちも腹を割ろうかな」

雨夜君が少し目を細める。

いつもは飄々《ひょうひょう》としている彼の、あまり見ない陰のある表情に、少し緊張する。

「響汰は俺と同じだったんだ。親から見放されて育って、愛情を知らない」

「雨夜君も……？」

「うん。俺の両親はクズなんだ。父親は浮気して出ていったし、母親はギャンブルにのめり込んで帰ってこない。そして、そんなクズに育てられた俺も、同じくクズ。だからね、俺は愛情とか友情とか、全部くだらないと思ってる」

あ、みんなには内緒《ないしょ》ね、と悪戯《いたずら》っぽく人差し指を立てた。

明朗でみんなに好かれる雨夜《あまや》君が、そんな過去を抱えているとは知らなかった。詳細は話す気はないようだけど、クズだと言った瞬間の仄暗《ほのぐら》い瞳の揺らぎが、本心を垣間見《かいまみ》たようで怖かった。

「だから俺は響汰《きょうた》に近づいたんだ。俺と同じような奴がいるって、嬉《うれ》しかったんだよね。なんなら、幼い妹の世話を押し付けられて、かわいそうな奴だと思った。大変だね、なんて言って、自分を慰《なぐさ》めていたんだ。……自分以下の相手といれば、まだマシだって安心できるから」

「響汰は、かわいそうなんかじゃないわ」

「そう、響汰は違った。愛されたことがないはずなのに……想夜歌《そよか》ちゃんを全力で愛している。それも、本心からね。俺はいくら女の子と遊んでも、そんな感情は手に入らなかった」

想像もしていなかった雨夜君の言葉に、私は絶句する。

雨夜君が決して他人に深く踏み込まないことに、そんな理由があったからだなんて。

「嫉妬《しっと》したよ。素直に羨《うらや》ましかった。響汰と一緒にいれば、俺ももしかしたら愛情を理解できるかもしれない……。そう思ったのが、一緒にいる理由の一つだった。今のところ、見つかっていないけどね」

「そんな。雨夜君だって愛情があるはずよ」

「ありがとう。でも、気休めはいらないんだ。俺は誰かを愛するなんてできない。それは自分が一番わかってる。……話が逸《そ》れたね」

雨夜君は切なげに、そう言い切った。気持ちを切り替えるように軽く頭を振って、表情を緩める。

「で、響汰を繋《つな》ぎ止める方法だったよね。いらないんじゃない？」

「え……？」

「響汰なら大丈夫だよ。暁山《あきやま》ちゃんを見捨てたりしない。暁山ちゃんが、響汰を求める限りね」

「私が、響汰を求める……？」

「うん。そうすれば、響汰は裏も打算もなく、真っすぐ感情を向けてくれる。こんな俺のことを、親友だと言ってくれるくらいだからね。……あ、着いたね」

雨夜君が窓の外を見て「降りよう」と言った。

目的の駅に到着したようだ。

ここで、車で来るという雉村《きじむら》先生を待つ約束となっている。先生は仕事をある程度片付けてから来るようなので、もう少し待機だ。

「待って。なんで言い切れるの？　それだけじゃ意味がわからないわ」

前を歩く雨夜《あまや》君を追いかけながら問いかける。

「んー、そんなに難しい話じゃないよ。響汰《きょうた》が、愛情を求められて拒むことはない。暁山《あきやま》ちゃんが愛情を失うのが怖いように、響汰は、自分が誰かを愛せないのだとわかってしまうことが、なにより怖いから」

「……自分が愛のない人間だと思うのが怖いから？」

「そうだね。俺はとうに諦《あきら》めたけど、響汰は自分に愛情があると信じてる」

響汰と同じように、親から愛されなかったという、雨夜君。

全然タイプが違うように見える二人が親友である意味が、少しわかった気がした。

雨夜君は響汰のことをよく理解している。同時に、見返りもなく友情をくれる響汰を大事に思っているのだと思う。

「だから、暁山ちゃんは心配しなくて大丈夫だよ。でも、もっと踏み込みたいっていうなら……とびきり甘えてみたらいいんじゃないかな」

「あ、甘えるなんて私にはできないわ」

「ふふっ、慣れてなさそうだもんね。でも、響汰みたいなタイプは素直に甘えられたら弱いよ？　暁山ちゃんみたいに強気な子なら特にね。なんなら俺に甘えてくれても……」

「結構よ」

いつもの調子で軽口を叩《たた》いてきた雨夜君だけど、その前の言葉が気になる。

響汰に甘える……。想夜歌《そよか》ちゃんみたいに？

たしかに、想夜歌ちゃんへの溺愛《できあい》っぷりを見ると、甘えられるのは好きそうだ。

たとえば、響汰にくっついてみたりして……だ、だめ。恥ずかしくてできない。

それじゃあ、まるで私が誘惑《ゆうわく》しているみたいじゃない。

「くくく……。まあ、響汰は優しくていい奴だから、そんなに心配しなくて大丈夫だって。俺が保証する」

「優しいのは、知っているわ」

「そっか」

響汰に言ったら、俺が優しいのは想夜歌に対してだけだ、なんて言いそうだけれど。

少なくとも、私は何度も救われたから。

「まあ、暁山ちゃんなら大丈夫。響汰のことがこんなに好きなんだから」

「好きじゃないわよ」

「そう？　俺にはそれが、恋愛感情に見えるけどね」

響汰のことは好き。でも、これは恋愛感情じゃない。それは私が一番わかっている。

そんな、単純な感情じゃない。

それに、恋愛をしたいわけではないのだ。恋人なんて危うい関係になるくらいなら、今のままでいい。

でも、甘えることで響汰《きょうた》の特別になれるなら……やってみる価値はあるかもしれない。

幸い、夏休みには会う約束もしている。大きいイベントだと、キャンプに行ったりとか。

そこで、響汰に……。

「あれ、キジちゃんの声？　響汰とひかるもいるね」

「えっ」

雨夜《あまや》君が駅のほうを見ながら、そう言う。冗談かと思ったけど、本当にいた。

「きょ、響汰？」

「暁山《あきやま》……」

響汰の顔を見た瞬間、さっきまでの想像が脳裏をよぎる。

甘えてくっつく、そんな妄想を……。

恥ずかしくなって、咄嗟《とっさ》に雨夜君の陰に隠れた。彼が変なことを言うからだ。

甘える想像だけじゃない。

雨夜君に赤裸々に語ったことも、今まで誰にも言ったことがなかった。いざ口にすると、これも恥ずかしい。私らしくない。

「おーい、暁山さーん……？」

「話しかけないで」

「はい。すみません」

何度か響汰が話しかけてきたけど、つい冷たくしてしまう。

買い物中、まともに響汰の顔を見られなかった。

目を合わせたら悟られてしまうんじゃないかって思うと、つい逃げてしまう。

本当にダメね。

このままじゃ、愛想尽かされて見限られる。頑張らないと。

友達以上で、恋人以上の、ママ友。でも、もっと特別になりたいって、そう思ってしまったから。

「甘える……甘える……」

「なんか言ったか？」

「消えて」

「こわっ」

冷静なままじゃ無理そうね……。

四章 妹のラジオ体操がちょっとおかしい。

The Love Comedy Which Nurtured With a Mom Friend

「お兄ちゃん、がっこうやめた……？」

手に持っていたタオルケットを落として、想夜歌《そよか》が呆然《ぼうぜん》と言った。

夏休みに入って数日。俺が毎日家にいることに気が付いた時の反応である。

「ちゃんとおべんきょした？　ごめんなさいした？」

「妹にめちゃくちゃ心配されてる⁉」

「がっこう、いきなさい！」

「いや、怒ってる？」

お兄ちゃん、無職になったと思われてる……。

常々、学校をやめて想夜歌に尽くしたいとは思っているけど、さすがに本当にやめるつもりはない。

この反応を見るに、ニートなお兄ちゃんは嫌みたいだし。

「安心しろ、想夜歌。夏休みなだけだ」

「なつやすみ！　そぉかといっしょ！」

「そうだぞ！　一緒に休みだから、遊び放題だ！」

「なんてこった。そぉか、あそぶ！」

想夜歌はばんざいして宣言した。

うんうん、元気を取り戻したようでなにより。

朝起きて想夜歌とゆっくりする。最高の時間だ。

「これが幸せ、か……」

悟りを開いた。

全世界幸福度ランキング一位は頂いたな。

目を閉じて幸せを噛《か》みしめていると、想夜歌がくっついてきた。

「お兄ちゃん、おねむ？　ねる？」

「寝ないよ」

「そぉかは、ねる。おやしゅみ」

想夜歌がよいしょ、と俺の膝《ひざ》に座り、寄りかかってきた。

「ぐーぐー」

「想夜歌、寝息はそんなにはっきり言わないぞ」

「ふごっ、ごごごご」

「なんだそれ」

「お兄ちゃんのまね」

「俺そんなにうるさいの？」

嘘《うそ》、ショック……。

想夜歌《そよか》にいびきがうるさいと思われていたなんて。物音一つ立てずに超静かに寝ているつもりだったのに。

ちなみに、想夜歌の寝息と寝顔はめちゃくちゃ可愛《かわい》い。

「ねむくない！」

「たくさん寝たからなー。ていうか、もうすぐ家出るぞ。ラジオ体操だ」

夏休みであっても、生活リズムは大きく崩したくない。せっかくの幼稚園通いで培《つちか》った生活習慣だ。もったいないし、夏休みが終わったあとに苦労する。

そこで、近所の公園で開かれるラジオ体操に参加することにしたのだ。

自治体が主催する会で、子どもから老人まで自由に参加できる。

「らじお？」

「昨日言わなかった……？　ラジオから流れる音楽に合わせて、身体《からだ》を動かすんだ」

「たのしそう……！　らじお、なに？」

「ラジオなんて聞いたことないかもな……？　これがジェネレーションギャップっ」

うちにはテレビしかないし、ラジオを聞く機会はない。想夜歌が知らないのも無理ないな。

ただラジオ体操と言いつつ、コンポでＣＤを流しているだけだ。その手の機械は、幼稚園でも使うから見たことあるはず。

そもそも、俺だってラジオを聞くことは滅多《めった》にないし。

「そぉか、らじおします」

「よしきた」

想夜歌が興味を示したので、外出が決定した。

寝巻からジャージに着替える。

想夜歌はいつものTシャツにスカート姿だ。

「想夜歌、夏に家を出る時は？」

「でるときはー？　くつ！」

「それも正解！　でも、その前に日焼け止めを塗ろうな」

想夜歌のもちもち肌がダメージを受けたら大変だ。

たっぷりとミルクを出して、想夜歌の肌をコーティングしていく。

「これでよし、と」

「べたべたー」

「すぐ乾くから大丈夫だ」

うへー、と想夜歌は顔をしかめる。

自分には日焼け止めなんて使ったことないけど、想夜歌の肌は守るぞ！

「しゅっぱつ！」

運動靴を履《は》いた想夜歌《そよか》が、元気に玄関の扉を開けた。

まだ早朝だというのに、日差しが強い。一年で一番、太陽がヤル気になる季節だからな……。

もちろん、太陽のように世界を照らす想夜歌も、朝から元気だ。

「かぶとむしいるかなー？」

「どうだろうな」

「くわがたは？」

「想夜歌、虫好きなのか？　いたらいいな」

「すきじゃなーい」

好きじゃないのかよ……。

想夜歌は色んなものに興味を持つので、虫でも楽しめるのだ。大きくなると、なぜか虫が嫌いになるからな……。今の感性を大切にしてほしい。

「あそこだ」

公園までは歩いて数分。幼稚園と家の中間地点にある。

敷地《しきち》内に入ると、すでに十人近い人数が集まっていた。小学生が多くて、あとは親御さんなのか係の人なのか、大人がちらほらいる。想夜歌の他に幼稚園児はいなそう。

「そぉか、ゆうしょうします」

「ラジオ体操に勝敗とかないぞ」

子どもたちが集まっているのを見て、なにを勘違いしたのか、想夜歌が闘志を燃やしている。

少し待つと、すぐに開始時刻となった。

適当に間隔を開けながら、公園内に各々《おのおの》散らばる。

「そぉか、まんなか！」

「当然だ。想夜歌がいるところが地球の中心だからな」

想夜歌が元気よく並ぶと、辺りから微笑《ほほえ》ましい視線が送られた。

可愛《かわい》いですね～、と係の人たちからも褒《ほ》められる。そうです、うちの妹は可愛いんです。

しかし、さっきから想夜歌をガン見してるそこの小学生男子よ。想夜歌に惚《ほ》れるのはわかるけど、許さんぞ。

「お兄ちゃんはあっち！」

想夜歌の後ろで小学生男子を威嚇《いかく》していると、想夜歌に怒られた。

「お兄ちゃんは前のほうで見てるから、お姉さんたちの真似《まね》をするんだぞ」

「お兄ちゃん、やらない？」

「ああ。お兄ちゃんには、ほかに大切な役目があるからな……」

もちろん動画でラジオ体操の予習はしてきたが、使命を放棄するわけにはいかない。

そう、体操をする想夜歌をカメラに収めるという役目だ。

もちろん、予《あらかじ》めベストポジションは調査済だ。

植栽の間に隠れて三脚を立て始めたら、係の人が近づいてきた。

「ほかの子たちもいますから……」

「はい。すみません」

速攻で注意された。

くっ、かくなるうえは網膜に焼き付けるしか！

「では始めますよー」

係の人の言葉で、ラジオ体操が開始した。

やれやれ、想夜歌《そよか》が体操なんてしたら、才能が開花してしまうんじゃないか？　体操の金メ
ダルはいただいたな。

『腰に手を当てて〜、高笑いする悪役の運動〜。わっはっはー』

「わっはっはー」

……ん？

『身体《からだ》を前に倒して〜、命乞いをする悪役の運動〜。命だけはー』

「いのちだけはー」

……はい？

『両手を上げて〜、変身する悪役の運動〜。がおー』

ViLLAiN

「がおー」

見本の大人と、それに倣《なら》う子どもたち。みんな、当たり前のような顔をして、身体《からだ》を動かしている。しかし……。

「俺の知ってるラジオ体操と違うんだけど!?」

なんでみんな順応してるの？

もしかして、最近ではこれが当たり前なのだろうか。

こっそり見させてもらうと、ＣＤケースには『悪役ラジオ体操』と書いてあった。

なにそれ……。知らぬ間に並行世界とかに迷いこんだ……？

「最近は子どもたちのラジオ体操離れが著しいですからね。楽しんでもらうための工夫です」

俺が愕然《がくぜん》としていると、係の人が教えてくれた。

題材のチョイスが謎すぎるけど、そういうことなら一応納得だ。

……本当にこれでいいのか？

「たのしい！　がおー！」

まあ、想夜歌《そよか》も楽しんでいるみたいだしいいか。

不思議な音声に困惑しながら、想夜歌の体操を眺める。

音声が変なだけで、動き自体は普通のラジオ体操と大きく変わらない。全身を動かし、ほぐすような体操だ。

想夜歌は見様見真似《みようみまね》だけど、案外様になっている。

想夜歌の成長を感じられただけでも、ラジオ体操に来た甲斐《かい》があった。

『悪役ラジオ体操おしまい〜。覚えてろよ〜』

「おぼえてろよー！」

悪役は悪役でも、ラスボスとかじゃなくて小悪党のほうですか……？

ともあれ、無事にラジオ体操が終わったようだった。

想夜歌が駆け寄ってくる。

「そぉか、あくやくになる！」

「やっぱり影響受けてた！」

さすが想夜歌、感受性豊かだ。

わっはっはー、と高笑いしながら、身体を反った。このフレーズがお気に入りらしい。

「想夜歌、スタンプ貰《もら》えるらしいぞ」

「すたんぷ？」

小学生の子たちが受付に一列に並んでいる。

列がなくなるのを待ってから、想夜歌と一緒に貰いにいく。

「すたんぷください！」

「あ、カード持ってないので貰えますか？」

ラジオ体操に来るたび、一つずつスタンプが溜《た》まるシステムらしい。集めるとちょっとした景品がもらえる。

想夜歌《そよか》は首から下げるタイプのスタンプカードを貰《もら》った。そこには、花のスタンプが輝いている。

「そぉか、かち？」

「ああ、想夜歌の圧勝だ」

「そぉかはさいきょう」

想夜歌はこういったわかりやすいご褒美《ほうび》が大好きなので、スタンプを貰って嬉《うれ》しいようだ。

夏休み中、何回か来られるといいな。

……毎回『悪役ラジオ体操』なのは、どうかと思うけど。

想夜歌が悪女を目指し始めたら大変だ。……でも想夜歌に翻弄《ほんろう》される人生も悪くないな？

「へんしんするそぉか～。がおー」

「なにに変身したんだ？」

「ひいちゃん！」

「ひかるお姉ちゃんはがおーって言わないと思うぞ……？」

苦笑しながら、想夜歌の頭をぽんぽん叩《たた》く。

あっ、内容のインパクトに気を取られて、こっそり撮影するの忘れてた。

五章　妹にケンカは似合わない。

The Love Comedy Which Nurtured With a Mom Friend

ピンポーン。

インターホンの音に真っ先に反応したのは、想夜歌《そよか》だ。

「いく！」

今か今かとそわそわ待っていたので、動きだしは早い。

時刻は午前九時。約束の時間ちょうどに来訪したのは、暁山《あきやま》と郁《いく》だ。

想夜歌が開けた扉から、郁が入ってきた。靴を揃《そろ》えて、元気に挨拶《あいさつ》。

「おじゃまします！」

春から何度も来ているので、勝手知ったる様子だ。

「そよかちゃん、おはよう。ひさしぶり？」

「いくだ！　はやくあそぼ！」

「うん。いいよ」

家に上がるなり、郁が想夜歌に引っ張られていく。

しかし、郁はしっかり者なので、姉に言われるでもなく洗面所で手を洗っていた。偉い。

「わざわざ来てもらって悪いな」

暑い中自転車を漕《こ》いできたからか、暁山の頬《ほお》は少し火照《ほて》っている。

「え、ええ。大丈夫よ」

ミニバッグの持ち手をぎゅっと握って、暁山が応える。そのまま、なぜか入ってこない。

「ん？　どうかしたか？　早く入れよ」

なぜか緊張の面持《おもも》ちで立ち尽くす暁山。そこじゃ暑いだろうに。その証拠に、さっきから顔が赤い。

今日の暁山は、珍しくスカートを穿《は》いている。ブラウスもカジュアルなストライプ柄で、革のサンダルから覗《のぞ》く爪には赤いネイルが施されていた。

いつものTシャツにジーンズだけのラフな格好とは、随分《ずいぶん》と雰囲気《ふんいき》が違う。

「あ、もしかして今日、ほかに予定あったか？」

「ないわよ」

「そりゃよかった。なんかオシャレしてるから、どこか行くのかと」

「……響汰《きょうた》の家にオシャレして来たら、変？」

あ、まずい。また怒られる予感。暁山の服装に触れるの難しいな！

びくびくしながら暁山の表情を確かめる。

彼女もまた、上目遣いでこちらを窺《うかが》っていた。

「一応、私でも服装くらい気を遣うわよ。……家に上がるんだし」

言われてみれば、暁山《あきやま》がうちに来る時は制服姿なことがほとんどだった。放課後にそのまま、という流れが多かったからだ。

今日も当たり前のように家に呼んだけど、暁山は普通の女の子なんだよな……。俺の家に来るために、少しは意識してくれたのだと思うと、なんだか嬉《うれ》しい。

「ふ、不満なら着替えてくるわ」

俺がなにも言わないのをどう捉《とら》えたのか、暁山はそう言って背を向けようとする。

「待てって。……その、いいと思うぞ。似合ってる」

「……そう？」

「ああ」

「可愛《かわい》い？」

「お、おう。可愛いぞ」

暁山は足を止めて、ほっとしたように息を吐いた。

なんだ、この反応は。

ま、まあ服装を褒《ほ》められて嬉しかったんだろう。もしかしたら、新しく買った服なのかもしれない。

「よかった」

暁山が家に上がってきながら、聞き取れない声量でなにか呟《つぶや》いた。

「ん？」

「ふふっ、なんでもないわ」

上機嫌で軽い足取りのまま、リビングに入っていった。

相変わらず、よくわからない……。最近の暁山は特に。

とりあえず、冷たい麦茶をコップに入れて暁山に出す。弟妹の分も、子ども用のコップに注いだ。

「ぶろっく、する」

「ぼくもやる。きょうりゅうつくる」

「そぉかは、せんたっきつくる！」

暁山と椅子に座って、リビングで遊ぶ二人を眺める。

今日は組み立てて遊ぶブロックのおもちゃを選んだようだ。なんで洗濯機……？

暁山姉弟を呼んだのは、少しの間想夜歌《そよか》を見てほしいからだ。

本来なら片時も想夜歌から離れたくないのだが、外せない用事があるのだから仕方ない……。

「ふふっ。休み中に呼び出しなんて、かわいそうね」

「なんか嬉しそうだな!?」

「そんなことないわよ。でも、なぜかしら。響汰《きょうた》が怒られると、自然と愉快な気持ちになるわね」

「タチが悪すぎる……」

暁山《あきやま》が控えめに口元を緩め、弄《いじ》ってくる。

今日は休み前に雉村《きじむら》先生から言われた通り、進路調査票を再提出しに行く日だ。

さすがに前回はふざけすぎたので、今回は当たり障《さわ》りのない内容で埋めている。家から遠すぎず、俺の学力でも合格できそうな大学を適当に選んだ。

問題は、わざわざ学校まで行かなければならないという点だ。

せっかくの夏休みなのに、その間想夜歌《そよか》と離れなければならないなんて……。

「暁山、すぐ戻ってくるから、キッチンには立たなくていいからな」

「想夜歌ちゃんがお腹空《なかす》くかもしれないわ」

「お菓子があるから大丈夫だ。頼むから、一人で料理しないでくれ」

「……そんなに信用ないの？」

あるわけないだろ。特に料理に関しては。

とはいえ、想夜歌の面倒を任せられるくらいには信用している。いつも郁《いく》を見ているからスキルとしては十分だし、想夜歌も懐《なつ》いている。家事以外は俺よりもよっぽどしっかりしているので、不安はない。

「すみちゃんもあそぼー」

想夜歌がてくてくと寄ってきて、暁山を誘った。

「いいわよ」

「想夜歌、俺は？　俺はいらないの!?」

「あら、まだいたの？」

暁山が勝ち誇ったような表情で、想夜歌に連れられていく。ブロックの前にぺたんと座ると、弟妹と一緒に遊び始めた。

想夜歌は、俺には見向きもしなかった。

「そんな……お兄ちゃんはもう用済みってこと……？」

俺だけ仲間外れなんて悲しい。

いや、もうすぐ家を出るんだけど。少しくらい寂しがってもらいたい。

「……行くか」

夏休み中に学校なんて行きたくないが、これぱっかりは仕方がない。

完全に自業自得だ。

暁山に勉強を教えてもらわなければ、間違いなく赤点を取って補習確定だった。それを思えば、一日くらいなんてことない。

一番面倒なのは、夏休み中でも制服で行かないといけないところだ。

運動部組なら、部のジャージやユニフォームでもいいのだが、それ以外は学校に入る際は制服の着用が必須となっている。

「あちぃ……」

着替えて外に出ると、自然と言葉が出た。

なんだか六月くらいから暑いと言っている気がするが、今が一番暑い。

気温は三十度を超え、焦《こ》げそうになるくらいの日差しと、不快な湿気が全身を襲う。

「だが、想夜歌《そよか》が首を長くして待ってるんだ。この程度の暑さに負ける俺ではないぞ！」

颯爽《さっそう》と自転車にまたがり、学校を目指す。

気分はさながらメロスのよう。

急がなければ邪知暴虐《じゃちぼうぎゃく》の女王、暁山《あきやま》が想夜歌になにをするかわからない。

……想夜歌、本当に待ってるかな？　俺のこと覚えてる？

早く帰らないと、忘れられそうだ。


汗だくになりながら学校に着き、その足で職員室へと向かう。

外には運動部がいたけど、当然ながら校舎内に人は少ない。

どこかから吹奏楽部の練習音が聞こえるくらいで、ほとんどすれ違う人はいなかった。

生徒が少ないタイミングを狙ったのか、設備点検の作業員を見たくらいだ。

「人がいない校舎っていうのも新鮮だな」

俺はいつも朝ギリギリに登校して、帰りは我先にと速攻で帰るタイプだ。遅くまで残ることはないし、意外と初めての経験かもしれない。

……いや、想夜歌が生まれる前はあったか。

小学生のころは学童保育を抜け出して、校舎の片隅で時間を潰《つぶ》していたものだ。早く帰っても、遅く帰ってもなにも変わらない。いやむしろ早く帰っただけ、虚《むな》しい時間が長くなるだけだったから。

「日によっては五時くらいまでいたんだっけ？　そんな時間までなにしてたんだろうな」

想夜歌が生まれてからの人生が濃すぎて、昔のことはほとんど覚えてない。

全て想夜歌で上書きされたからな！

「たしか、こうやって階段に座って……」

小学生のころを思い出しながら、階段に座ってみる。

タイルのひんやりとした冷たさが気持ちいい。あのころは、人目のない最上階の階段だった。

「ははっ、なに突然、感傷に浸ってるんだろうな」

早く想夜歌の元に戻らないといけないのに！

昔のことなんてどうでもいいじゃないか。大事なのは今だ。

「昏本《くれもと》君、そんなところでなにをしてるのー？」

立ち上がった時、のんびりと声を掛けられた。

雉村《きじむら》先生だ。

彼女の姿を見た瞬間、とある光景がフラッシュバックした。

「あ……」

思い出した。

一人で時間を潰《つぶ》していると、いつも相手をしてくれる先生がいたのだ。もう名前もあやふやなその人は、いくら俺が邪険にしても付き合ってくれた。自分の仕事もあっただろうに。

「あ、わかった。階段で息切れしたんでしょ。私はまだ若いから全然余裕だけどねー。若いから！」

もちろん、雉村《きじむら》先生とは似ても似つかない。なんなら若い男の先生だったけど。

こうやって声をかけてくる姿が、あのころの記憶となぜか重なった。

「え？　どうしたの、私のことぼーっと見つめて……。だ、ダメだよ！　生徒と教師なんて」

「……ちょっと考え事してただけですよ」

「そっか……思春期だもんね……」

すごい憐《あわ》れむような視線を向けられた。突然階段で黄昏《たそが》れる中二病だと思われた……？

似たようなものか。ただ、いつまでも過去に浸るほど殊勝な性格でもない。軽く頭を振って、気持ちを切り替える。

「先生、言われた通り、進路調査票の再提出に来ました」

「うん、えらい。今度はちゃんと書いた？」

「書きましたよ」

「昏本《くれもと》君自身の進路を書くんだよ?」

「でも、俺の進路より想夜歌《そよか》の進路のほうが大事だと思いませんか?」

冗談で返したら、先生の笑顔が深まった。

本気で怒らせたらめんどくさそうなので、大人しく提出することにする。カバンを開き、クリアファイルを取り出した。

雛村先生は、俺から紙を一枚受け取ると、さーっと目を通した。

「一応埋めた、って感じだね」

「……やっぱわかります?」

「当然でしょ。何人の生徒を見てると思ってるの」

そりゃそうか。

事実、進路調査票は適当に埋めただけだ。

この短期間で、進路なんて決まるわけない。

「また再提出ですか?」

「ううん、まさか〜。ほかにもいっぱいいるもん。まだ決まってなくて、とりあえずで埋めて出した人。二年生時の進路なんてそんなもんだって」

雛村先生はひらひらと紙を振って「じゃあもらってくねー」と言った。

「あ、でも勉強はちゃんとするんだよ？　志望校をどこにするにしろ、勉強はぜったい必要なんだから」

「……肝に銘じます」

ほかは頑張ればなんとかなりそうなんだけど、数学だけはちょっと……。

また暁山《あきやま》先生にお願いしよう。

「じゃあまたねー」

「あ、ありがとうございました」

軽い調子で別れの挨拶《あいさつ》をすると、先生はそのまま、職員室に入っていった。

階段で会えたおかげで、手間が省けた。

踵《きびす》を返して校舎を出る。滞在時間は十分程度だ。案外、早く終わったな。

そういえば、今日はテニス部もやっているのかな。

柊《ひいらぎ》が本気を出すと言っていたし、絶賛アピール中かもしれない。テニスに本気出してほしい。

自転車に乗ろうとした時、ポケットのスマホが通知音を鳴らした。

「ん？　なんだ？」

スマホを手にとり、通知を確認する。

『早く帰ってきて』

表示されていたのは、俺の家にいる暁山からのメッセージ。

滅多《めった》に連絡などしてこない彼女からの、端的な用件だった。

「なにかあったのか⁉」

慌てて電話を掛けようとする。しかし、すぐに思いとどまった。

十中八九、想夜歌《そよか》と郁《いく》のことでなにかあったのだろう。暁山が関係ないことで連絡してくるとは思えない。

なら、電話するよりもいち早く帰るべきだ。話すだけで解決するなら、暁山もわざわざ俺を呼ばないだろう。

「大事にはならないでくれよ……ッ」

不安が胸をよぎる。

いつもの帰り道。だが、焦《あせ》っているとどうにも長く感じる。今日に限って、やけに信号に引っ掛かる気がする。

汗が目に入るのも厭《いと》わず自転車を飛ばし、家に到着した。

乗り捨てるように自転車を門に立てかけると、急いで家に入る。

「ただいま！　大丈夫か⁉」

靴を脱いで、リビングに駆け込んだ。

中の光景は、一見すると家を出る前と変わらない。リビングに座る暁山と、床にはブロックのおもちゃ。ブロックを手にする想夜歌と郁。

だが空気は最悪だ。

「響《きよう》汰《た》、ごめんなさい……私じゃ止められなくて」

暁山《あきやま》が泣きそうな顔で、俺を見上げる。

「暁山……これはいったい」

決定的に違うのは、想夜歌《そよか》と郁《いく》の雰囲気《ふんいき》。

想夜歌は壁側を向いていて、イライラしたように雑にブロックを叩《たた》き付けている。郁は遊びもせず、膝《ひざ》を抱えて座っていた。

「いく、きらい！」

想夜歌が大声で癇癪《かんしやく》を起こすと、

「ぼくもきらい」

郁はうずくまり、ぼそっと応える。

――喧嘩《けんか》、か。

なに、子どもの喧嘩くらいよくあることだ。

むしろ、今まで大きな喧嘩がなかったことのほうが驚きなくらいだ。基本常にハイテンションの想夜歌と、振り回されても優しく受け入れる郁という組み合わせだからこそ成り立っていた。

そうでなければ、喧嘩なんて日常茶飯事だったはずだ。実際、保育園や幼稚園で想夜歌が喧嘩をした、という報告は何度か受けている。どれも大事にはならず、すぐに解決したようだが。

想夜歌《そよか》と郁《いく》では、初めての喧嘩《けんか》だ。逆に言えば、喧嘩できるくらい仲良くなれたってことかな。

だが、初めてだからこそ気を付けなければならない。

このまま拗《こじ》れて、仲が悪くなったら大変だ。

俺はまず、想夜歌の元へ向かった。目の前に胡坐《あぐら》で座り、優しく声をかける。

「想夜歌、なんで怒ってるのか教えてくれるか？」

「おこってない！」

「そうか。じゃあ、なにがあったのかお兄ちゃんに話してくれよ」

「しらないもん」

想夜歌は怒りながら、ブロックを手でいじる。しかし、なにか作るでもなく、ただ転がしているだけだ。遊ぶことにまで気が回っていないように見える。

「二人でブロックの取り合いになって、喧嘩になっちゃったの。楽しく遊んでいると思っていたら、突然郁が怒りだして……」

暁山《あきやま》が状況を説明してくれる。

なるほど。郁を見ると、屋根の形をしたブロックを守るように抱えている。うちには一つしかないブロックだ。

想夜歌も郁も、あれを使いたかった。それで、取り合いになったと。

「郁、ダメでしょ。想夜歌ちゃんに譲《ゆず》りなさい」

「いや」

「どうして？　いつもは優しいのに……」

暁山は郁の横に寄り添って、困惑しながら対応している。頭を撫《な》でて優しく声をかけても、郁の反応は薄い。

ブロックは郁が勝ち取ったようだ。にもかかわらず、郁の表情は暗い。

想夜歌が拗《す》ねているのは、使いたかったブロックを貰《もら》えなかったからだろう。

「想夜歌、あのブロックを使いたかったのか？」

「うん」

「どうして？」

「おうちつくるの」

「そうか。お家を作りたかったんだな」

「いくにちょーだいっていったら、おこられた」

「そうなんだ。郁が終わった後じゃダメだったのか？」

「いーけど……ほしかったの！」

想夜歌がたどたどしく、怒っている理由を教えてくれる。

さて、どうしたものか。

実際に喧嘩《けんか》を仲裁した経験はあまりない。想夜歌《そよか》は基本的に機嫌がいいので、ここまで怒ることは稀《まれ》だ。少し嫌なことがあっても、すぐに忘れるタイプなのに。

しかし、一つわかったことは、二人とも喧嘩したことを悔いているということだ。でなければ、それぞれ好きにブロックを組み立てて遊ぶか、別のことをすればいい。

二人とも、怒りながらもここを離れず遊んでもいないのは、仲直りしたいと思っているからに違いない。

「響汰《きょうた》、郁《いく》がごめんなさい。想夜歌ちゃんのおもちゃなのに」

暁山《あきやま》が眉を下げて、謝ってくる。

郁はちょっとだけ顔を上げて、窺《うかが》うように俺の顔を見た。あるいは、怯《おび》えるように。

俺は想夜歌の頭を撫《な》でてから、郁の前に移動した。

座り込んで、目線を合わせる。

「郁はなにを作ろうとしてたんだ？」

「おうち」

「想夜歌と同じだな。郁も、そのブロックを使いたかったんだよな？」

「ぼくがさきだった」

「郁が先に使ってて、想夜歌が欲しがったんだ」

「うん」

こくりと、郁が頷《うなず》く。

「そぉかが、さきにみつけた！」

想夜歌が反論してくる。

二人とも、それぞれ理由があるらしい。

「きょうた兄ちゃんも、ぼくがわるいとおもう？」

「ん？」

「姉ちゃんも、きょうた兄ちゃんも、ぼくのみかたしてくれない？」

郁が膝《ひざ》をぎゅっと抱えて、そう言った。

「郁……もちろん、私は郁の味方よ」

「うそだよ。さっき、そよかちゃんにわたして、っていった」

「それは……だって、そうすれば仲直りできるでしょう？」

「ぼくがつかいたかったの！」

怒る郁に、暁山はどう接したらいいのかわからない様子だ。頭を撫でてみても、振り払われる。

郁が意固地になっている理由がわかった。

いつもは自分を最優先に考えてくれる姉が、想夜歌の味方をしたからだ。

意地でもブロックを渡そうとせず、想夜歌が怒った、と。

この際、どっちが悪いとかは関係ない。喧嘩《けんか》とはそういうものだ。

だから、暁山《あきやま》が郁《いく》に折れるよう言う気持ちもわかる。一番簡単な解決策だ。

話を聞く限りだと、どちらかといえば想夜歌《そよか》のワガママな気もするが……実際に見たわけじゃないから、なんとも言えないな。

どちらにせよ、片方だけ怒って終わり、という話ではない。

「郁。俺は郁の言いたいこともわかるぞ」

郁が期待を込めた目で俺を見た。

ここで俺が、郁の味方をするのは簡単だ。でもそうすると、今度は想夜歌が失望する。

大事なのは、あくまで中立でいて、両方を尊重することだと思う。

「先に使ってたら、取られたくないよな」

「うん」

「本当は譲《ゆず》ってもよかったけど、お姉ちゃんに言われたから嫌になったんだよな」

「……うん」

暁山が悪いわけじゃないんだけどな。今回はちょっと嚙《か》み合わなかっただけで。

俺の言葉に「そうだったの……」と暁山が声を震わす。

自分が悪くないのに頭ごなしに言われたら、そりゃ反発もしたくなる。

「想夜歌、おいで」

「えー」

想夜歌を抱き上げて、郁の前に連れてくる。

郁と正面から向き合う。想夜歌はぷいっと顔を背けるけど、ちらちらと郁を見ている。

「郁、想夜歌……」

二人に、優しく声をかける。

「素晴らしい」

そして、鷹揚《おうよう》に頷《うなず》いた。

「すばら？」

「……う？」

想夜歌と郁が同時に首を傾《かし》げる。

「創作意欲が溢《あふ》れていることはいいことだ。理想の完成形に、二人とも同じアイテムが必要になってしまったわけだな。わかるぞ、そのブロックは美しい形をしている。二人とも選ぶとは、センスの塊。天才だな！」

本来は怒ってもいいのだろう。でも、俺には向いてないし、想夜歌も郁もなにが悪いかはわかってる。

だから、まずは肯定した。

そもそも、二人とも今さら屋根のブロックに拘《こだわ》りはないのだ。気まずくなっているだけなので、仲直りできればそれでいい。

「お兄ちゃん、またへんなことゆってる……」

想夜歌《そよか》が呆《あき》れたように呟《つぶや》く。

変で結構。想夜歌のためなら、いくらでも道化になるぞ！

「こだわりの強さも重要だ。簡単に諦《あきら》めるようでは、いいものは作れない。やはり二人は素質があるな」

「一体なんの話をしているのかしら……」

暁山《あさやま》が口を挟む。すまん。自分でも迷走していたところだ。

咳払《せきばら》いを挟んで、本題に入る。

「こほん。しかし、天才の二人に提案がある。まず、想夜歌」

「あい」

「人のものを欲しがるのはよくない。郁《いく》だって作りたいものがあるんだよ」

「……うん」

「大人のお姉さんになるには、相手のことも考えられるようにならないとな」

「……うん。おとな。なる」

想夜歌は素直に受け入れる。

「しかし、想夜歌の独創性とインスピレーションは簡単には止められない。そこで、郁」

「なあに」

「郁ばっかりに我慢しろとは言わない。でも怒るんじゃなくて、ちゃんと使いたいことを伝えられたらよかったな」

「……わかった。兄ちゃん」

「だが、もっといい方法があるぞ。想夜歌と一緒に作るんだ。二人の天才が力を合わせれば、もっと最高のお家を作れるに違いない」

ん？　今俺のこと兄ちゃんと呼んだか？

お前のお兄ちゃんになったつもりはない……と言いたいところだけど、郁も可愛《かわい》い弟みたいなものだ。今回だけは許してやろう。

俺は想夜歌大好きで想夜歌が最優先だけど、全てを肯定するつもりはない。

想夜歌がいい子に育つために、間違ったことをしたらちゃんと教えないとな。

「ふむ、しかし二人とも家を作りたいのか。将来は建築士か？　いや、もしかしたら仮想世界の建物かもしれない。最近はＶＲも発展しているらしいし、想夜歌ワールドが全世界に展開される日も近いな……」

「響汰《きょうた》、もう誰も聞いてないわよ」

「なに？」

説教というか説得に熱が入りすぎて、喋《しゃべ》りすぎたか？

見ると、想夜歌《そよか》と郁《いく》はすでにブロック遊びを再開していた。さっきまでの喧嘩《けんか》はどこへいったのか、とても楽しげだ。

「そよかちゃん、ごめんね」

「そぉかも、ごめんなしゃい」

仲良く謝って、二人で組み立てていく。

あーでもないこーでもないと言いながら、二人の合作を作り上げるようだ。

その様子に、俺と暁山《あきやま》はほっと息を吐いた。

「よかったわ……。響汰《きょうた》、ありがとう」

「いや、俺は大したことしてねぇよ。暁山が見ていてくれたおかげで、俺が来た時には二人とも落ち着いてたんだろうし。なにもしなくても、勝手に仲直りしてたと思うぞ」

俺はちょっと手助けしただけだ。

もともと、想夜歌も郁も仲直りしたがっていた。ただ、先に動くのは悔しい、みたいなプライドが邪魔《じゃま》していただけだ。

「まあ、ほっとしたのは俺も同じだよ……。子どもは喧嘩しながら仲良くなるとは言うけどさ。見てる俺たちからしたら胃が痛い」

「まったくね。今回は私のせいでもあるようだし……」

郁を宥《なだ》めるのに、暁山を責めるみたいな言い方になっちゃったな……。郁は姉が味方をしてくれなかったことにも不満を持っていた。暁山は、そこを悔いているようだ。

「気にすんな……って言っても無理か。まあ、郁もちょっと過剰反応しちゃっただけだと思うからさ。暁山が郁のことを大好きなことは、ちゃんと伝わってるよ」

暁山のスタンスも間違ってないだろうし、本当、子育てっていうのは難しいな。

ひとまず、禍根《かこん》を残さず仲直りできたようで良かった。

すっかり仲良しに戻った想夜歌と郁が遊ぶ様子を、二人で眺める。

「響汰はやっぱりすごいわ。子どものことをよくわかっているのね……。先生とか向いているんじゃないかしら」

「それを言うなら、暁山のほうがよっぽど向いてるだろ。勉強教えるの上手《うま》いし、しっかりしてるし」

「でも私は……悔しいけれど、おろおろすることしかできなかった」

「ははは、俺だけだったら無法地帯になるだけだから、暁山がいてよかったよ。役割分担ってやつだ」

想夜歌も郁も、これから人間関係を勉強していくところだ。

すでに固定観念を持ってしまった俺たちには見えない世界が、彼らには見えていることだろう。俺たちにとっての正解が、二人の正解とは限らない。

だから、あくまで俺たちは手助けするだけ。あとは二人で正解を見つけてほしい。

今の想夜歌《そよか》と郁《いく》を見ていると、あまり心配はいらなそうだけどな。

「そうね。……あの、変なことを言ってもいいかしら」

「なんだよ、いきなり。いつも変だろ」

「私がいつ変なことを言ったのよ」

郁絡みだと、だいたいおかしなことを言っていると思う。

暁山《あきやま》に睨《にら》まれたので、肩を竦《すく》める。

冗談を言ってばかりだと話が進まないので、黙ったまま視線で続きを促した。

「あのね、その……これが家族なのかなって、ちょっと思ったわ」

暁山は少し照れたように、右手で口元を隠した。

「家族？」

「父がいたころは、母と役割分担していたことを思い出したの。いえ、今初めて気づいたのね。母が時には厳しくして、父は宥《なだ》めて笑い飛ばす。そんな関係だったわ」

暁山は穏やかに瞼《まぶた》を閉じて、噛《か》みしめるように言った。

事故で亡くなったという、暁山の父親。当然会ったことはないし、話もほとんど聞いていない。なのに、その情景が俺の脳裏にも浮かんだ気がした。

俺にはない経験だ。父は生きているが、幼いころから家にいない。俺が生まれた時でさえ、海外で仕事をしていたと聞いた。

だから、父親としての接し方は特にわからなかったけれど……暁山が俺にその姿を重ねてくれたのならば、多少は間違っていなかったのだと思えて、少し嬉《うれ》しい。

「別に、響汰《きょうた》が父に似ているという話ではないから、勘違いしないで。父のほうが何倍もすごいわ」

「はいはい。わかってるよ」

慌てて、暁山が付け足す。

父親に似てる云々《うんぬん》よりも、俺を家族と呼んだことのほうが恥ずかしいと思うんだけど大丈夫そう……？

ツッコむのも恥ずかしいので、スルーする。

なにより、俺も家族という言葉を安易に否定したくなかった。だって、俺もこんな良い家族を作れたらいいなって、そう思うからだ。

「父がいたころの家を、郁は知らないのよね……」

郁に聞こえないように囁《ささや》いた。

想夜歌も、郁も。

家には両親がいて、揃《そろ》って食事をして、笑い合って……そんな、いわゆる普通の家庭というものを知らない。

別にそれが不幸だとは思わないし、思いたくないけど、どうしても不安になるのだ。

同じかそれ以上に、想夜歌《そよか》を幸せにできているだろうか……と。

「想夜歌も同じだよ。……まあその分、俺たちが愛してやればいいさ！」

「ええ、そうね。それしかないわ」

本当の親にはなれなくても、あいつらが喧嘩《けんか》したら一緒に悩んでやるくらいはできる。

お兄ちゃんだからな！

その意味では、たしかにこの四人の時間は、家族に近いのかもしれない。

「想夜歌、俺も混ぜてくれよ！　想夜歌の好きなもの、なんでも作ってやるぞ！」

暁山《あきやま》と頷《うなず》き合ってから、想夜歌と郁《いく》の元へ戻る。

「ほんと？　じゃあ、じゃあ、んー……さいきょう！」

「まさかの概念」

「やっぱ、おかね！」

「錬金術かな？」

想夜歌のオーダーが難しすぎる！

くっ、想夜歌の願いを叶えられないなんて、まだまだ修行が足りないな。お兄ちゃんレベルを上げて、世界を敵に回しても勝てるくらいにならないと。

「きょうた兄ちゃん、らいおんはつくれる？」

「おお、郁！　ナイスチョイスだ！　待ってろよ……」

よかった、郁は普通のもので来てくれた。

ライオンくらい、ちょろいものだ。黄色と茶色のブロックを合わせて、形を作っていく。

「これでどうだ！」

手のひらサイズの完成品を、どん、と置いた。

「うま？」

「想夜歌ちゃん、これはきっとモグラよ」

「もぐら！　すごい！」

え？　ライオンのつもりなんだけど？

一縷《いちる》の望みをかけて郁を見たら、そっと目を逸《そ》らされた。

ごめん……。

俺に芸術的なセンスはなかったようだ。

制作班をクビになった俺は、想夜歌が作る先鋭芸術を評価する係になった。

やっぱ想夜歌は天才だな！

六章　妹とキャンプ。

The Love Comedy Which Nurtured With a Mom Friend.

連休って、どうして時間の流れが速いんだろう。

夏休みは七月下旬に始まったのに、気づけばもう八月。このまま、ぼーっとしていたら一瞬で終わってしまう。

しかし、本番はこれから。まだまだ夏を満喫するぞ！

ということでやってきたのは、キャンプ場。やっぱ夏といえばキャンプだよな！

「到着です。意外と近かったですね」

レンタカーから降りて伸びをするのは、暁山《あきやま》の母親……幸《さち》さんだ。

俺も助手席から降りると、続いて暁山も外に出て身体《からだ》をほぐした。

朝早くに出発して、今の時刻は午前十時すぎ。たしかに、思ったより早く着いた。

「幸さん、運転ありがとうございました」

「いえいえ。運転くらい、いくらでもしますよ。こちらこそありがとうございます。キャンプに来られたのも、響汰《きょうた》君のおかげですから」

きっかけは、母さんが取引先から、キャンプ場やコテージを運営する会社の優待券を貰《もら》ってきたことだ。

母さんは『優待貰っても休む暇なんてないんだけど、新手の嫌がらせかしらね？』などとぼやいていた。もったいないので俺が使うことにしたのだ。

母さんが想夜歌《そよか》と一緒にでかけるという約束は、まだ果たせなそうだ。今回も来たそうにしていたけど、連休を取るのはなかなか難しいらしい。

そのため、幸さんに運転してもらって暁山家と一緒に来ることにした。

やってきたのは、山梨県某所のキャンプ施設。野営ではなく、木造の家を借りて宿泊する、いわゆるコテージだ。

「お礼は母に伝えておきます」

「よろしくお願いしますね」

にっこりと微笑《ほほえ》む幸さん。

「それと、母もお礼を言ってました。いつも俺と想夜歌をありがとうございます」

「いえいえ、こちらこそ。澄《すみ》と郁《いく》と仲良くしてもらって……。いずれ、お母様にもご挨拶《あいさつ》したいですね」

幸さんと話しているとなんだか落ち着くというか、和《なご》むなぁ……。

今の母さんなら、紹介してもいいかもしれない。今日のキャンプも、色々気に掛けてくれたし。母さんも変わろうとしているみたいだ。

爽《さわ》やかな気持ちで幸さんと会話していると、暁山に肘《ひじ》で小突かれた。結構強めに。

「なんだよ」

「私のお母さんに近づかないで。まず名前で呼ぶのをやめて」

「ええ……。あ！　幸《さち》さん、荷物は俺に任せてください！　ささ、早く涼しいところに」

「響汰《きようた》、キモイわ」

ストレートな暴言。母親を取られたくないのかな？

顔は似ているのに、どうして親子でこんなに違うんだろう。優しさとか、雰囲気《ふんいき》とか。

「早く行くわよ」

俺に冷たく言い放って、チャイルドシートでうたた寝している郁《いく》を降ろす。

幸さん……娘さんに優しさを教えてあげてください……。

「想夜歌《そよか》、着いたぞ」

「んー……」

想夜歌を抱き上げて、車から降ろす。

しばらく俺の腕の中でうとうとしていたが、突然ぱっと目を開いた。

「たいへん、ごりらおそってきた」

「おはよう、想夜歌」

「ごりらお兄ちゃん？」

「違うぞ」

まだ寝ぼけている想夜歌は、目を擦《こす》りながらきょろきょろと見回した。

「……どこ？」

「山だ。キャンプ場に着いたんだよ」

「しゅんかんいどう！　すごい！」

「結構な時間ぐっすり寝てたけどな」

想夜歌の体感では一瞬だ。

ちなみに、俺は助手席で幸さんとお話ししていたから非常に楽しかった。……これでは、瑞貴《みずき》の年上趣味をバカにできないな。

「では、まずコテージに行って荷物を置きましょうか」

機材や調理器具は揃《そろ》っているらしいので、荷物は俺は大きめのリュックが一つ、暁山《あきやま》家は合わせて二つだけだ。

入口で受付を済ませ、鍵《かぎ》を受け取る。売店で必要なものを購入したあと、山道に入ってコテージを目指す。

きちんと管理されている施設なだけあって、道も整備されていて歩きやすい。

貰《もら》った地図を見るとそれほど離れていないようなので、想夜歌と郁も歩いて行けそうだ。

やはり夏休みということもあり、俺たちと同じようなキャンプ客は多い。それでも、コテージを目指して奥に入っていくと人気《ひとけ》が減っていった。

コテージの数は多くないし、それぞれ離れているので、ゆっくり過ごせるだろう。

ここでは、一泊する予定だ。

明日のお昼ごろまで、コテージの周辺で遊んだりして過ごす。

「響汰《きょうた》、わかってるわね？」

暁山《あきやま》が隣に寄ってきて、幸《さち》さんに聞こえないように小声で言った。

「ああ。昨日話したことだろ？　雑用は俺たちで全部やって、幸さんにはゆっくりしてもらうっていう」

「ええ。母にはいつも負担をかけているもの。家ではやることが多くて気軽に休めないから、今日くらいはリフレッシュさせてあげたいわ。響汰にも協力してもらうことになってしまうけれど……」

「いや、幸さんには車で連れてきてもらっただけで十分だ。暁山の頼みがなくても、俺が全部やるつもりだったさ」

せっかくの避暑地。毎日仕事と家事で忙しくしているのだから、全て忘れて休んでほしい。

暁山から提案されたことだが、俺も大賛成だ。

うちのワーカーホリックは今日も当然のように仕事だけど、あっちはどうでもいい。

「想夜歌《そよか》と郁《いく》にも楽しんでもらいたいな」

「ええ。私たちにかかっているわ」

「おう。まあ、まずは俺たちが全力で楽しまないとな！」

幸さんは休めて、全員楽しい。これが目標だ。

「それに……私も、頑張らないと」

「ん？　まだ頑張ることあったか？」

「あるわ。でも、響汰には教えてあげない」

「そうかよ……」

まあ暁山は努力大好き人間だからな。

なにかを頑張ってないと気が済まないんだろう。

「おとまり、たのしみ！」

「そよかちゃん、ねちゃだめだよ。よふかししよ」

「そぉか、ねるのすき」

初めての友達とのお泊まりに、想夜歌のテンションも上がっている。

「おい郁。お前、今夜は寝かせないぞって言ったか？　夜更かしなんてしたら想夜歌のお肌が荒れちゃうだろうが」

「なんてこと、郁が女と泊まりだなんて……。ま、まだ早いわ。いえ、一生そんなことさせないわよ。待ってて。今すぐ別のコテージを手配するわ」

暁山姉弟は頻繁《ひんぱん》にうちに遊びに来ているが、泊まったことはない。二人の家は自転車で帰れる距離だし、家では幸《さち》さんが待っているからだ。

暁山《あきやま》の顔をちらりと見る。

二人きりではないとはいえ、俺と暁山も一緒に泊まることになるんだけど……。彼女は、特に気にしていないのだろうか。

まあ、家で遊ぶのとそう変わらないか。変に俺だけ意識するのも癪《しゃく》なので、いつも通り過ごそう。

「ふふふ、みんな仲良しですね」

少し後ろからついてくる幸さんが、楽しげに笑った。

小さな木造家屋が見えてきた。

木材と丸太の見た目を活《い》かして作られたそれは、周囲の自然と調和していて、非日常感がある。辺りは静かで、枝葉が擦《す》れる音だけが響いた。都会では味わえない感覚だ。

「そぉかのおうち?」

「ああ、そうだぞ。一日だけな」

「おうち、げっと」

想夜歌《そよか》が嬉《うれ》しそうに駆け寄る。

暁山が鍵《かぎ》を開けると、郁《いく》と一緒に我先にと中に入った。

「すごい!　そぉかと、いくのおうち!」

「そよかちゃん、たんけんしよう」

「する！」

さっそく物色し始めた二人を注意して見つつ、荷物を運びこむ。

それほど大きな建物ではない。一階建てで、中に入るとすぐにキッチンと一体になったリビングが目に飛び込んでくる。その奥には、寝室なのか小部屋が二つ。それから、屋外にウッドデッキがあるくらいだ。

これ以上大きくても持て余すだけなので、十分だな。

「わぁ、いいところですね」

「お母さんはゆっくりしてて。私と響汰《きょうた》でやるから」

「え、でも……大丈夫？」

「余裕よ。だって私よ？」

「澄《すみ》だから心配しているのだけれど……」

暁山が幸さんを部屋に押し込む。幸さんは促されるまま、大部屋の窓際にあったロッキングチェアに座った。窓を開ければ風が入り、木漏れ日《こもび》がちらつく程度の日陰なので涼しい場所だ。

しかし、暁山は幸さんからもポンコツだと思われているんだな……。

「幸さん、俺がいるから大丈夫です」

「響汰君……なら、安心ですね。せっかくなので甘えちゃおうかしら」

幸《さち》さんがロッキングチェアに揺られながら、上品に微笑《ほほえ》む。

作戦通り。

あとは、暁山《あきやま》と一緒に恙《つつが》なくこなすだけだ。軽く頷《うなず》きあって、各々《おのおの》動き出す。

想夜歌《そよか》と郁《いく》からも目は離せない。幸さんに二人の面倒を見てもらうことも考えたが、それでは結局休めないだろう。

「想夜歌、手伝ってくれるか？」

「まかしぇろ。そぉか、なんでもできる」

「さすが想夜歌だ！　よし、じゃあ荷物を渡していくから、並べてくれるか？」

だいたいの道具は施設に揃《そろ》っているけど、消耗品の類いは持ち込む必要がある。紙皿や割り箸《ばし》、お菓子にパン……リュックから出して、想夜歌に渡す。

想夜歌は俺から受け取ったものをそのまま置くだけだ。

特に意味はないけど、放っておくと何をしているのかわからなくなるし、本人もお手伝いできて楽しそうなので必要なことだ。

暁山のほうは、郁と一緒にゴミ袋をセットしたり、設備の確認をしている。

「おかあさん、ぼくもおてつだいできる！」

「まあ。郁もやってくれたの？　ありがとう」

「うん！　どういたしまして！」

幸さんに楽をさせよう……という意思は、郁にもしっかり伝わっているようだ。

「おちゃ、のむ？」

郁はせっせとお茶を運んだり、お菓子を勧めたりしている。お母さんに恩返しするチャンスに、大いに張り切っている様子だ。

幸さんも嬉《うれ》しいのか、にこにこしながら郁を褒《ほ》めている。

しかし、なにもせずじっとしているほうが落ち着かないのか、しきりに動いてくれようとする。その度に、暁山が飛んでいって、座らせていた。

弟だけじゃなく、暁山も張り切っているな。

「すみちゃんといく、ママだいすき?」

「みたいだな」

二人の様子を見て、想夜歌がにまにましている。たしかに、傍目《はため》に見ている分には面白い。

「今のところ順調だな」

「まだ始まったばかりよ。気を抜かないで。お母さんには全力で休んでもらうんだから」

全力で休むって面白い表現だな。

だが、暁山の言う通りだ。普段、シングルマザーで仕事に家事に子育てに……と忙しくしているのだから、今日はなんのストレスもなく過ごしてほしい。

あくまで他人である俺ですらそう思うのだから、暁山の想いはより強いはずだ。

「まあでも、暁山《あきやま》も楽しむことを忘れるなよ。みんなの休暇なんだから」

「わかってるわ。でも、お母さんのほうが優先だから」

「そんな切羽詰《せっぱつ》まった顔してる奴が近くにいたら、幸《さち》さんも気になって休めないって」

「……そうね」

春ごろに気負いすぎて失敗したことを思い出したのか、暁山は少しだけ気を緩めた。

暁山は重く考えすぎてしまうきらいがあるからな……。何事にも本気で取り組むのはいいところだが、たまには肩の力を抜くことも大切だ。

「想夜歌《そよか》、お腹空《なかす》いたか？」

「ちょびっと」

「遊びに行く前に軽くパン食べていこうか」

しっかり料理をするのは、今夜だけの予定だ。

昼食は軽く済ませ、遊ぶ時間を確保したい。

昨日のうちに買っておいた総菜パンをみんなで食べる。

「なにする？　かくれんぼ？」

「想夜歌、食べながらしゃべると喉に詰まるぞ」

「ぱん、うまうま」

口が破裂しそうなくらい頬張《ほおば》って、急いで食べている。それだけ早く遊びたいんだな。

想夜歌と郁《いく》を楽しませるのも、大切なミッションだ。夏の小旅行の思い出を作ってあげたい。

「たべた！」

「まだ呑《の》み込んでないだろ。ほい、お茶」

「あいとー！」

全部口に放り込んだまま終わらせようとした想夜歌を諫《いさ》めて、呑み込ませる。

時間はたくさんあるんだ。なにせ、今日は泊まりだからな。帰りの時間を気にしなくていい。

「今日は川遊びですよね？」

準備と食事が一区切りついたのを見て、幸さんが確認する。

「私は川に入って遊ぶような歳ではないので、近くで見てますね。見ているのも楽しいですし」

これは出発前から決めていたことだ。だから、幸さんは川に入る用の服は持ってきていない。

まだまだ若いと思うけど……水遊びがしたいかは別問題か。外で見てくれる大人がいると心強い。

幸さんはコテージで休んでくれてもよかったけど、遊んでいるところを見たいとのことだった。ならば、ストレスが一切ないように力を尽くそう。

「私は着替えてくるわ。郁、おいで」

暁山がリュックを持って、部屋に入っていく。郁と幸さんも続き、俺と想夜歌だけが残された。

このキャンプ場には川がいくつもあって、どれも浅く穏やかなので子どもでも安全に川遊びができる。

水辺は浅いところでも溺《おぼ》れる可能性があるので、もちろん油断はできないけど。

想夜歌《そよか》に水着と乾きやすいシャツを着させる。靴はマリンシューズという、水中でも動きやすく脱げないものだ。

あとは受付の際に受け取っておいた、レンタルのライフジャケットを着れば、川遊びの準備は完了である。

「ひらけどめ?」

「おお! さすが想夜歌、覚えていたか! そうだ、日焼け止めを塗らないとな。あと、虫がいるかもしれないから虫よけスプレーも使おう」

「そぉか、くすりづけ……」

「どこで覚えたんだ、そんな言葉……」

想夜歌を守るためだから仕方ない。

俺も適当にサーフパンツとシャツに着替えた。こちらの準備はすぐに終わったので、トートバッグに必要なものだけ詰めて、コテージの外で待つ。

「あり、はっけん」

外に出ると、さっそく想夜歌がアリの巣を見つけていた。小さい虫がたくさん動いているのが面白いらしく、目ざとく見つけてはいつも寄っていく。

「そぉかについてきた?」

「アリはこっちにもいるんだよ」

「どこでもいる」

「この辺ならカブトムシもいるかもな」

「かぶとむし!　みたい!」

「時間があったら探してみようか」

たまにはキャンプもいいものだな。

自然に囲まれていると、普段の喧騒《けんそう》を忘れて心が洗われるようだ。

家のほうにも森がないわけではないけど、こうして中で自由に過ごせる場所というのは案外少ない。想夜歌たちが小さいからホテルのように設備が充実しているコテージにしたけど、もう少し大きくなったら野営キャンプもしてみたいな。

「お待たせしました〜」

想夜歌と雑談しながら森林浴に浸っていると、コテージの扉が開いた。

最初に出てきたのは幸《さち》さんと郁《いく》だ。

幸さんは川に入らないので、ロングワンピースを着て麦わら帽子を被《かぶ》っている。郁は想夜歌と同じようにライフジャケットを着て遊ぶ準備は万端だ。

「暑いわね」

最後に、暁山《あきやま》が出てきた。

ショートパンツに、上はぴっちりとした白いラッシュガードを着ている。髪はポニーテールでまとめ、サングラスまで用意して頭にかける気合の入れようだ。

ラッシュガードはほとんど露出がないが、肌に張り付いて身体《からだ》のラインを浮き彫りにしていた。華奢《きやしや》だからこそくびれがはっきりと現れ、思わず目を奪われる。

「水着じゃなくて残念だったわね」

視線に気づいた暁山が、からかうように言ってきた。

下手な水着よりもよっぽど扇情的《せんじようてき》なのだが、それを口に出すほど愚かではない。

「海じゃなくて川だからな。泳ぐわけじゃないし」

「そうね。濡《ぬ》れてもいいように一応、下には着ているけれど、脱ぐ予定はないわ」

「ふーん」

こいつ、わざわざ期待させるようなことを言ってなにがしたいんだ……。柊《ひいらぎ》と関わって、だんだんあいつみたいになってきたな？

いや、別に期待なんてしてないけど。

「姉ちゃん、ふく、すごいまよってた」

「郁《いく》、余計なことは言わなくていいのよ」

郁がこっそり俺に教えてくれる。

川遊びの服装なんて、そんなに選択肢ないよな……？　いつもは即断即決なのに、なにをそんな悩むことがあったのか。

「はっ、おさかながそぉかをよんでる」

「おい、川はそっちじゃ……いや、合ってるな。まさか想夜歌《そよか》、第六感に目覚めたのか!?」

「そぉか、わかっちゃった」

魚の声が聞こえるなんて……キャンプに来たことで、想夜歌の隠れた能力が発現したようだ。

まあ、偶然正しい道だっただけだと思うけど。

全員の準備が終わったようなので、近くの川に移動する。

木々が生い茂る道を抜けると、一気に視界が開けた。現れたのは、岩場に囲まれた川だ。

波打つ水面が陽光を反射して、キラキラと輝いている。

このキャンプ場はコテージ客以外も利用するので、川辺には多くの人がいた。夏休みということもあって、家族連れが多い。とはいえ、遊べないほど混んでいるわけではない。川は事故が怖いので、誰もいないよりもむしろ安心だ。

想夜歌と郁が迷子にならないように、ちゃんと見てないとな。

「かわだ！　はいっていいの？」

「ああ、いいぞ。先にお茶飲んでからな」

水遊び中はつい水分補給を忘れてしまうからな。水の中で涼しくても汗はかく。

そわそわする想夜歌《そよか》にペットボトルを渡すと、口から溢《あふ》れるくらいに一気に飲んだ。

「荷物は私が見てますね。みなさんを見ながら、木陰でゆっくりすることにします。あっ、あと写真撮影もしようかしら」

「場所取りは俺に任せてください！　幸《さち》さんのために、俺がベストポジションを見つけてきます！」

さっと目を走らせると、大きな木の陰になっているちょうどいい場所が空いていた。あそこからなら、ゆっくり休みながら俺たちの様子も見えるだろう。

レジャーシートと折りたたみ式の椅子をセットして、幸さんをエスコートする。

「響汰《きょうた》君、ありがとう。優しいですね」

「お母さん、あまり響汰を甘やかさないで。調子に乗るわよ」

「いいじゃない。響汰君はいいお父さんになりそうですね」

ふふふ、と笑いながら、幸さんが腰かけた。

お言葉に甘えて荷物を置かせてもらい、俺たちは川で遊ぶことにする。

想夜歌と手を繋《つな》ぎながら川に足を踏み入れると、ごつごつした石の感覚がマリンシューズ越しに伝わってきた。ひんやりとした水が気持ちいい。

水位はそれほど高くなく、浅いところでは想夜歌の膝《ひざ》よりも下だ。

「郁《いく》、想夜歌ちゃん。走っちゃダメよ。それと、奥は深いかもしれないから行かないでね」

暁山《あきやま》が真剣な顔で注意すると、「わかった」「あい」と二人が素直に頷《うなず》く。

「それと響汰、はしゃぎすぎて周りの人に迷惑をかけないように」

「あれ？　俺も子どもと同じ枠？」

「多少は騒いでも大丈夫だと思うけれど、あまり大きな声を出すのは恥ずかしいからやめて。それと、暑いからって飛び込んじゃダメよ」

「なんか俺だけ注意事項多くない!?」

おかしい。俺ほどしっかりしてる奴はいないというのに。

さすがに冗談だったのか、俺の言葉に暁山はふふっと笑う。なんだ。案外こいつも、川遊びにテンションが上がっているらしい。

「よし想夜歌、郁。魚を捕まえるぞ！　うおおおお、盛り上がってきた！」

「いい、二人とも。ああいう不審者から距離を取るのよ」

えっ、温度差。

「おさかな！」

ばしゃばしゃと足踏みして水の感覚を楽しんでいた想夜歌が、突然声をあげた。

身体《からだ》が濡《ぬ》れるのも構わず、水に手を突っ込む。ほとんど、顔ごと飛び込むような体勢だ。

「にげた……」

びしょびしょになった顔で、想夜歌《そよか》が悲しそうに言う。

「ぼくもつかまえる！　そよかちゃん、みてて」

「いく、できるの？」

「できる！」

郁《いく》もやる気を出している。

ふはは、二人はこっち側みたいだな、暁山《あきやま》よ。

「魚は草の近くとか、石の下とかにいるぞ。石は動かしたら元に戻すようにな」

教えてあげると、想夜歌と一緒に石をひっくり返し始めた。

二人は川にしゃがみ込んで魚を探したり、時には水を掛け合ったりしているから、もう全身水浸しだ。

まあ楽しそうだしいいか。暑いからすぐ乾くだろうし。

暁山と一緒に、遊ぶ二人を眺める。

あいかわらず、郁を見ている時の彼女の表情は優しげで、口元には控えめな笑みを浮かべている。自分が遊ぶことよりも、郁を見ているほうが楽しそうだ。

「お兄ちゃん、さかな、つよすぎる」

何度か魚摑《つか》みにチャレンジしていた想夜歌が、諦《あきら》めて俺に助けを求めてきた。

「そよかちゃん、ごめんね……」

カッコいいところを見せようとしていた郁も、魚を捕れず落ち込んでいる。

「きょうた兄ちゃんならできる？」

郁が期待を込めた目で、俺を見た。

「ああ、もちろんだ」

二人にお願いされたら、できないとは言えない。

だが、素手で魚を捕まえるのは難しい。いや、ほとんど不可能だと言ってもいい。

水中は彼らのフィールドだ。自由自在に動き回る魚は、素手の間くらい簡単にすり抜けてしまう。

「俺たち人間は、道具を使うことができる。そう、この網を使えば、簡単に捕まえられるんだ！」

そこで、俺はあえて出していなかった網を持ってきた。片手で使う用の、比較的小さな網だ。

魚がいそうな場所に、川の流れに沿って網をセットする。そして、足で石を動かし、魚を刺激した。

見つかるまで何度か繰り返すと、びっくりして慌てて出てきた小魚が、網のほうに自分で飛び込んできた。その隙《すき》を見逃さず、素早く網を引き揚げる。

中を覗《のぞ》き込むと、全長数センチ程度の小さな魚がぴちぴちと跳ねていた。

「どうだ！　これがお兄ちゃんの力だ！」

網ごと手のひらに乗せて、見せびらかす。ふふふ、これでお兄ちゃんの株が爆上がりするのは間違いなし……。

「自分だけ網を使うなんて、ずるい大人ね……。響汰《きょうた》の力じゃなくて文明の力よ」

暁山《あきやま》が呆《あき》れたように言う。

「きょうた兄ちゃん、ずるい」

「お兄ちゃん、さいきょうじゃなかった……」

あれ？　思っていた反応と違うぞ？

「ち、違うんだ……。素手ではできないという体験もしてほしいから、最初は出さなかっただけなんだ……。想夜歌《そよか》、許してくれ……」

川底に膝《ひざ》をついて、俺はがっくりと項垂《うなだ》れる。

想夜歌に失望されるなんて、ダメなお兄ちゃんだ……。

「そぉかもあみ、つかう！」

想夜歌が俺の手から網を奪っていった。両手でしっかりと握って、川の中を探る。

「そよかちゃん、いっしょにやろ」

郁《いく》もリベンジに燃えているな！

気を取り直して、二人に網の使い方を教える。

一人でやるのは難しいので、一人が網を持つ係、もう一人が魚を追い込む係だ。

「下を抜けられちゃうから、網を底にぴったり付けるんだ」

網を持つ係を交代しながら、二人は夢中で魚を探す。

悪戦苦闘すること、二十分ほど。

「おさかな！」

網を持っていた想夜歌が、嬉《うれ》しそうに飛び跳ねた。

「とれた！　お兄ちゃん、みて！」

「やったな！　さすが想夜歌だ！　その魚も想夜歌に捕まるなら本望だろう」

「なまえ、きめた。ちょこ」

「甘そうな名前だな」

網から出ないようにそっと川に浸すと、チョコと名付けられた小魚が元気に泳いだ。

想夜歌が初めて捕まえた魚だ。追い込んだのは郁だから、どちらかといえば郁の実力かもしれない。

「おさかな、ちっちゃいね」

「かわゆい！」

想夜歌と郁はしゃがみ込んで、魚を観察している。

俺が魚に詳しかったら、ここでうんちくの一つでも披露するところだが……あいにく、なんの魚なのかさっぱりわからない。

「観察が終わったら、逃がしてあげような」

「ちょこ、ばいばい」

少しも惜しむことなく、想夜歌《そよか》は網をひっくり返した。

捕まえたらそれで満足なようだ。

「よし、次は郁《いく》が網を持って魚を捕ろう。想夜歌、交代だ。想夜歌の力で魚をあぶり出してやれ」

「まかしぇろ」

慣れてきてコツを掴《つか》んだのか、二人の動きも洗練されてきた。

わざわざ俺が口を出さなくても、二人で協力して楽しく遊んでいる。たまに夢中になりすぎて遠くに行こうとするので、その時は俺か暁山《あきやま》が連れ戻した。

二匹目はすぐに捕れた。

「姉ちゃん、ぼくもとれた！」

「よかったわね」

「うん！」

嬉《うれ》しそうに報告する郁の頭を暁山が優しく撫《な》でる。

郁によってアジと名付けられたその小魚を、また二人で観察する。アジではないと思う。

「連れてきてよかったわね」

「ああ。家の近くだと、入れる川もなかなか見つからないからな。こういう機会じゃないと、わざわざ川遊びしようとはならないし」

二人の様子を見ながら、暁山と会話する。

やはり観察するよりも捕まえるほうが楽しいようで、すぐに逃がしてまた次の魚を探しはじめた。

「いつの間にか、想夜歌ちゃんと郁が遊んでいてもなにも言わなくなったわね。前は醜《みにく》く嫉妬《しっと》していたのに」

「それはお前も同じだろ……。俺は気づいたんだよ。想夜歌がそこらの男を相手するわけがないということにな。郁にはせいぜい振り回されてもらおう」

「なにを言っているの……？　郁の甲斐性《かいしょう》と包容力なら、大勢の女性を同時に幸せにできるわ。想夜歌ちゃんは所詮《しょせん》、その他大勢の一人ね」

「オンリーワンでナンバーワンな想夜歌が、その他大勢だと？」

想夜歌が郁に惚《ほ》れるなんて、あり得ないと言っているのに……。

でもまあ、恋愛関係はおいといて。

入園式で初めて出会った二人が、これだけ仲良くなれたのはとても喜ばしいことだ。ほかにも友達はいるけど、頻繁《ひんぱん》に遊ぶのはやっぱり郁だし。

仲良く遊ぶ二人と、それを眺める俺たち。この姿が今までの関係を象徴しているようで、なんだか感慨深い。

「ところで、暁山《あきやま》は遊ばないのか？」

「遊んでいるわよ？」

「どこがだよ。さっきから気を張って郁《いく》を見ているだけのくせに」

「別に、私は郁が楽しければいいのよ」

せっかく着替えたのに、暁山は足先を水に浸《つ》けているくらいで、遊ぼうとしない。

子どもたちが遊ぶのはもちろん大事だけど、俺たちも楽しまないとな！

「ほい」

手始めに、両手で水を掬《すく》って暁山の膝《ひざ》あたりにかけてみた。

「へえ？」

瞬間、川の水が凍り付いたのかと思うほどの冷気が俺を襲った。

おかしいな……。俺の予想だと、きゃっ、みたいな可愛《かわい》らしい反応が見られると思ったんだけど……。

「私に挑むなんていい度胸じゃない。死にたいようね」

「ラスボスのセリフ!?　しかも負け確定イベントのほう!?」

「覚悟しなさい」

暁山は両手で目いっぱい水を掬いあげると、そのまま俺の顔面に放った。

俺は避ける暇もなく、弧を描いて飛んでくる水をただ見ていることしかできない。

ある。

「ふふっ、私に挑むからこうなるのよ」

頭から水を被《かぶ》った俺を見て、暁山は勝ち誇った笑みを浮かべた。ここ最近で一番嬉《うれ》しそうで
「うべっ」

こいつ、情けも容赦《ようしゃ》も一切ねえ！

「お前、俺が手加減して足だけにしてやったというのに……」

「あら、てっきり女性の足に水をかけて喜ぶ変態かと思ったわ。かけられても喜ぶかしら？」

「あーあ、俺を怒らせちゃったみたいだな」

お互い、だんだん目がマジになっていく。

暁山とは決着をつける必要がありそうだな……。どっちが兄、姉として上かわからせてやる。

「姉ちゃんときょうた兄ちゃんがたのしそう」

「そぉかもまぜろー」

俺と暁山が遊んでいると思ったのか、魚を捕まえていた二人が参戦してきた。

こっちは真剣勝負なんだから危ないぞ！

「えいっ」

郁が暁山の前で、ばしゃっと水を蹴り上げた。

腰辺りまで、豪快に水がかかる。

「えへへ、どうだ」

「郁《いく》、やったわね？」

「にげろー」

郁……お前、勇者だな。あの姉に喧嘩《けんか》を売るなんて。

さすがの暁山《あきやま》も弟には優しいのか、反撃は緩い。じゃれるように、郁と水で遊び始めた。

とはいえ、想夜歌《そよか》も郁もすでにびしょぬれだ。身体《からだ》が濡《ぬ》れるのなんて一切構わず、魚を追いかけまわしていたからな……。

「そぉかは、お兄ちゃんをたおす」

「想夜歌ちゃん、私も協力するわ。一緒にお兄ちゃんを沈めましょう」

一人、ガチで殺しにきてる人いない？

「これが愛する人を倒さなきゃいけない時の感情か……。郁、やれるな？」

「姉ちゃんにはまけない！」

大人ぶって二人の面倒を見ていても、俺と暁山だってまだまだ子どもだ。

一緒になって遊ぶくらいがちょうどいい。

兄弟姉妹は一番の親友だって言うしな！

結局、暁山も髪まで水浸しになりながら、全力で遊んだ。

「そろそろ終わりましょうか」

暁山の声で時計を見てみると、時刻はもう三時を回っていた。

適宜休憩を挟んでいたとはいえ、結構遊んだな。

「そうするか」

「誰かのせいでずぶ濡れよ。まったく」

「俺のほうが十倍は被《かぶ》ったが？」

暁山は手加減ゼロだし、想夜歌の水は喜んで受けるし、俺の被害は増える一方だった。

しかし、俺と郁の決死の攻勢によって暁山もかなりの水を受けている。

これから気温も下がってくるし、潮時だろう。

「えー、そぉか、まだやる」

相当楽しかったのか、想夜歌がぐずり始めた。

戻りたくない、と川の中で座り込む。

「想夜歌、戻ったらお菓子があるぞ」

「おかし！　……いらない。まだあそぶ」

まだお腹《なか》が空《す》く時間ではないか。

そんなに急いでいるわけじゃないし、このくらいのワガママなら可愛《かわい》いものだ。

「じゃあ、川から上がってその辺で少し遊ぶか？　涼しくなってきたし、川からは出よう」

「うん」

そう諭《さと》すと、想夜歌《そよか》は渋々といった感じで頷《うなず》いた。

川から上がり、大きめのタオルを想夜歌に被《かぶ》せる。

「私たちは先に戻っているわね」

「ああ、悪いな。すぐ行くよ」

郁《いく》は遊び疲れてぐったりしている。そのため、暁山《あきやま》と幸《さち》さんは先にコテージに戻ることになった。

長いこと一人にして申し訳ないと幸さんに謝ったら「みんなのことを見ているだけで楽しかったですよ。それに、途中お昼寝していましたから。気持ちよかったです」と言ってくれた。

気づけば周囲の人も次々と引き上げていた。

まだ明るいけど、だんだん涼しくなってくる。想夜歌はきっと、この終わりの雰囲気《ふんいき》で寂しくなってしまったんだろう。

想夜歌は川辺で座り込んで、小石を拾い始めた。

「みて、ほうせきみつけた！」

「綺麗《きれい》な石だな」

「いしじゃないよ、ほうせき！」

「ああ、宝石だな！　想夜歌にぴったりの美しさだ。さすがの鑑定眼だな……。よし、持って帰ってショーケースに飾ろう」

「ぽいっ」

え……未練ゼロじゃん……。

想夜歌が綺麗だと言っていたまん丸の小石は、川の水に紛《まぎ》れてどれだかわからなくなった。

川を流れる穏やかな水が、さらさらと音を立てる。

先ほどの喧騒《けんそう》とは打って変わって静かな時間を、想夜歌が満足するまで二人で過ごした。

「もどる」

十分ほどで、想夜歌が立ち上がった。

「おう、行くか」

「きょうは、おとまり？」

「ああ、そうだぞ。まだ家には帰らない。寝るまでみんなと一緒だ」

「おお〜。おとまり、すごい」

機嫌を取り戻した想夜歌が「お兄ちゃん、はやく！」と俺の手を引いた。

戻ったらさっそく夕飯の準備だ。もちろん、俺と暁山の二人でやる。

幸さんに手料理を食べてもらうのが楽しみだぜ……。

「おかしがそぉかをよんでる〜」

「お菓子の声が聞こえるのか？」

もんじゃないな。

「そぉか、わかる」

想夜歌《そよか》を説得するためにお菓子があると言ったこと、まだ覚えていたか。適当なことを言う

先にお菓子を食べると夕飯が入らなくなるから、食後まで我慢させよう。

「おかし！」

コテージに着くと、お菓子の魔力に吸い寄せられた想夜歌が勢いよく扉を開ける。

お腹空《なかす》いたのかな？

どうやって想夜歌の食欲を阻止しようか。そう考えながら、想夜歌と一緒にコテージに入る。

「あっ……」

その時、焦《あせ》ったような声が聞こえて、釣られて視線を向けた。

そこには……ラッシュガードを脱いだ姿の暁山《あきやま》がいた。

彼女が着ているのはショートパンツと、胸だけを覆う黒い水着だけ。ラッシュガードの下に着る用に選んだ水着だからか、面積はかなり小さい。

暁山の手から、バスタオルがずり落ちる。暁山はぽかんと口を開けて、目を見開いた。

なるほど、着替えようとしたけど、タオルはこっちのカバンに入っていたのか。理由を考えられるくらいには冷静で、即座に対応できるほどには平静じゃなかった。

窓からちらつく木漏れ日《こもれび》だけが、疎《まば》らに照らす部屋の中で、暁山澄《すみ》はひと際輝いていた。き

め細かく白い肌に、否応なく視線が吸い寄せられる。

普段は足すら出さない彼女の露《あら》わになった全身に、思わず思考が止まった。

美しい、という感想しか浮かばない。

「きゃー、すみちゃん、だいたん」

意識が戻ったのは、想夜歌《そよか》の呑気《のんき》な声が聞こえたからだった。

同じようにフリーズしていた暁山《あきやま》が、バスタオルを拾いあげて身体《からだ》を隠す。

それと同時に、俺は勢いよく振り返って、外に飛び出した。

「すまん！」

ばたん、と扉を閉める。

やらかした。同じコテージに宿泊する以上、この手の問題は考慮してしかるべきだったし、注意しなければならないのは男の俺のほうだ。ノックもせず入るなんてダメに決まっている。

いや、開けたのは想夜歌だけど。その想夜歌は、コテージの中だ。

どうやって謝ろうか。

コテージの扉を背に座り込む。すると、後ろからガチャリと鍵《かぎ》の閉まる音が聞こえた。

ああ、締め出しね。オッケー。今日は野宿だな……。

そのくらいのことをしたと思うので、大人しく受け入れよう。暖かいから行けるだろ。虫はいそうだけど。

「響汰《きょうた》」

扉の向こうから暁山の震えた声が聞こえた。どうやら、声が震えるくらい怒っているらしい。

「本当にごめ――――」

「水着だから」

「ん？」

謝ろうとしたら、暁山に遮られた。

「ただの水着だから。別に、水着姿を見られるくらい普通のことよ」

「お、おう。でも悪いのは俺だし」

「だから、謝られたら、その、むしろ恥ずかしいじゃない。だから謝らないで。水着姿なんて誰にでも見せられるし、なんなら今からこの姿で泳いでも……」

「落ち着け」

謝られると恥ずかしいとか言っている奴が、なんてことを口走っているんだ。

さっきまで隠されていたから動揺してしまったが、たしかにただの水着姿だ。

それこそ、海にでも行けばビキニで闊歩《かっぽ》している女性はたくさんいる。さっきの川だって、わざわざ探していないが、そのくらいの露出度の人はいたと思う。

でも、相手が暁山だと思うと、意識せずにはいられなかった。

「で、でも……まだ、入らないで……っ」

扉の向こうで、暁山《あきやま》が泣きそうな声で言った。

「わかった。ちょうど一汗掻《か》きたかったところなんだ！　一周走ってくるわ！」

煩悩《ぼんのう》を消し去るべく、俺は駆け出した。

忘れようとしたところで、忘れられるはずもないが。

少なくとも、暁山とまた顔を合わせた時、普通に話せるように。お互いに平常運転に戻るためにくれた時間だと思うから。

引き合いに出すのも失礼だが、これが柊《ひいらぎ》だったらここまで動揺しなかっただろう。そもそも普段から露出度が高いし、柊に対してそのような感情を抱くことはない。可愛《かわい》いとは思うけど。

だから、さっきからやけに心臓がうるさいのは、きっと暁山だから。

クールで隙《すき》をまったく見せない、高嶺《たかね》の花の美少女だから。

似た境遇で繋《つな》がる、ママ友という特別な存在だから。

ほかの誰でもない暁山澄《すみ》だったから、俺は走っても走っても、忘れることができないのだ。

「ああ、くそ」

意味もなく悪態をつく。なににイラついているのか、自分でもわからない。

結局、コテージに戻ったのは一時間ほど経過してからだった。

どのくらい待てばいいのかわからず途方に暮れていると、幸《さち》さんが連絡をくれたのだ。別行動になった時、念のためとスマホを持っておいてよかった。

おそるおそるコテージに入ると、最初に幸さんが出迎えてくれた。もう部屋着に着替えたようで、パーカーに身を包んでいる。

「澄がごめんなさいね。あの子ったら、恥ずかしがっちゃって。水着のまま歩きまわった澄のせいなのに、響太《きょうた》君からしたらいい迷惑よね」

「いえ、ノックもせず入ったこちらが悪いですから」

「ふふ、そう？　澄もせっかくのチャンスなんだから照れてないですることがあるでしょうに」

「チャンス……？」

「いえ、なんでもないですよ」

幸さんが意味ありげに微笑《ほほえ》む。

暁山は寝室のほうに籠《こも》っているのか、出てこない。

想夜歌《そよか》と郁《いく》は、同じく寝巻に着替えて、遊び疲れたのか仲良くお昼寝していた。

「あ、想夜歌ちゃんは私と一緒にシャワーを浴びましたよ」

「ありがとうございます。すみません、ご迷惑を……」

「いえいえ、ついでですから。残りは響太君だけだから、ゆっくり入ってください。澄のせいで、余計に汗を掻いたでしょう？」

幸さんに促されたので、シャワーを浴びることにする。いつまでも汗臭い状態でいるわけにもいかない。

このコテージは設備が充実していて、ほとんどホテルのようだ。トイレやシャワールームも当然のようにあり、アメニティも十分に用意されている。マジのキャンプはさすがにハードルが高いので、この充実さがここを選んだ決め手だ。さすがに浴槽はない。

俺は急いでシャワーを浴びる。

今日は泊まって、明日は午前中少し遊び、お昼には発《た》つ予定だ。まだ半分以上あるのだから、暁山《あきやま》と気まずいままでは困る。

そう、幸《さち》さんの休暇のためにも、弟妹のためにも、俺たちの協力は不可欠だ。

なんとかして関係を改善しないと。

「よし」

さっぱりした身体《からだ》で、決心もついたところでシャワールームから出る。

リビングに戻ると、全員が思い思いに過ごしていた。幸さんはロッキングチェアで揺れながら本を読んでいて、想夜歌《そよか》と郁《いく》は未《いま》だ昼寝中だ。

そして、暁山はパーカーにエプロン姿でキッチンに立っていた。俺からは背中しか見えない。

「あ、暁山……その……」

「なにをやっているの？　見てないで手伝って」

「……おう」

声音《こわね》からは、怒っているのか判別できない。

暁山は手を止めず、淡々と作業を続けている。

俺もエプロンをつけて、恐る恐る暁山の隣に並ぶ。俺はお米を袋からザルに移して、丁寧《ていねい》に研ぐ。キッチンは広く、二人が同時に作業をしても全く問題はない。暁山は野菜の処理をしているようだった。

彼女はまだ、目を合わせない。

ふわりとシャンプーの香りがした。備え付けのものではなく、家から持ってきたらしい。さっき使ったやつとは匂《にお》いが違う。

「カレー」

暁山は、ぼそっと呟《つぶや》いた。

「ん？」

「作ったわよね、最初」

「ああ。作ったな。郁が俺に助けを求めてきたんだったよな」

「ち、ちが……くも、ないけど」

想夜歌が幼稚園児になって、すぐのころだ。暁山姉弟が初めてうちに遊びにきたのもその時だった。

あの時は、暁山の料理の腕は散々なものだった。そのことを思い出して、思わず笑みが零《こぼ》れる。いや、今もそんなに変わってないか……？

俺が笑ったことに、暁山《あきやま》がむっとしたのがわかった。見てないけど、雰囲気《ふんいき》でなんとなく。

かたん、と暁山が包丁を置いた音がした。

「今回は失敗しないから」

綺麗《きれい》に乱切りにしたジャガイモを見せつけながら、真っすぐ俺を見つめる。

夕飯のメニューはカレーだ。

売店で買った地元の野菜と、持ち込んだ具材で作る。

暁山とは何度もうちで料理をしたけど、カレーを作ったのは結局、最初の時だけだったな。

なんとなく、毎回被《かぶ》らないようにバリエーションをつけていた。

だから、カレーを作るのは二回目。

「おう、頼むぞ」

「任せなさい。サポートは頼むわね」

「リカバリーも必要そうだな」

二人で料理をするのも、慣れたものだ。

阿吽《あうん》の呼吸とまでは行かなくても、少ない言葉だけで手際よく進めていく。

あれから練習でもしたのか、豪語するだけあってたしかに暁山の技術は上がっていた。迷うことも大きな失敗をすることもない。

「やるじゃん」

「見くびらないで。できないことをそのままでいる私じゃないの」

「さすが努力家」

「郁《いく》に手料理をお願いされる日も近いわね」

「知ってるか？　失った信用を取り戻すのって、おそろしく難しいんだぜ……」

「……今回で挽回《ばんかい》してみせるわ」

できるかなぁ。

いつの間にか気まずさもなくなり、暁山とは普通に会話できるようになっていた。

順調にカレーが出来上がっていく。あとは煮込むだけだ。

「大丈夫そうだな。あとは暁山に任せる」

「え？　も、もちろんよ。響汰《きようた》はいらないわ」

「俺はご飯を炊いておくよ」

炊飯器もあったが、せっかくのキャンプなのでご飯は土鍋で炊くことにする。

一粒一粒がふっくらするし、おこげも食べられて美味《うま》いんだよな。家じゃ、面倒でやりたくないけど。

「しばらく俺に話しかけないでくれ。炊飯はタイミングが命なんだ」

「随分《ずいぶん》と拘《こだわ》りがあるのね……。キャンプなんてしたことあるの？」

「昔、一人で何度か」

「そ、そう……」

暁山《あきやま》に残念な子を見る目を向けられた。屈辱《くつじょく》だ。

あの時は暇を持て余してソロキャンプをしてみたけど、面倒なだけで寂しさが紛《まぎ》れるわけでもないのでやめた。

「今回はガスコンロだから火加減の調節は楽だが、屋外だとそうもいかない。それに、土鍋は中の状態もわからないから、音と振動、そして感覚を頼りに炊くんだ」

「話しかけるな、と言った割りに自分は随分《ずいぶん》と喋《しゃべ》るのね……」

暁山が興味なさそうにそっけなく言う。やれやれ、男のロマンがわからない奴め。

想夜歌《そよか》と郁《いく》が匂《にお》いに誘われて起きだしたころ、カレーとご飯がほぼ同時に完成した。

カレーに関しては、ほとんど暁山一人で作った。俺はなにもしていないに等しい。野菜を洗ったくらい。

にもかかわらず、カットは均等だし、焦《こ》げたりもしていない。

「どう……?」

小皿で味見をした俺に、暁山が上目遣いでじっと見ながら聞いてくる。

「美味《うま》い。完璧《かんぺき》だ」

「やった……じゃなくて、当たり前よ」

文句なしに美味かった。

四月まで、料理の経験はほとんどなかったはずだ。

しかし、暁山といえば努力の鬼。きっと、家で相当練習したのだろう。教えた幸《さち》さんと食べさせられた郁の苦労は察するに余りあるが、おかげで上達したようだ。

「おなかすいた！」

「ぼくも」

「あじみさせろー」

昼寝して元気いっぱいの弟妹が、料理を急かしてくる。

コテージに宿泊するという小旅行一日目は、みんなでカレーを食べて終わった。


想夜歌を寝かしつけたあと。

まだ眠る気になれなかった俺は、ミネラルウォーターのペットボトルを片手に、ウッドデッキに出た。木製の無骨《ぶこつ》なベンチに腰掛ける。

夜になればさすがに涼しい。虫に刺されても嫌なので、薄手の上着に袖を通した。

外は、世界から取り残されたんじゃないかと思うほどに静かだ。自分たちこそが支配者だと言わんばかりの虫たちの音色だけが、夜の山に響いている。

ぼんやりと道を示す小さなガーデンランプだけが、唯一文明を感じさせてくれるようだった。それさえも、夜空に浮かぶ月に遠慮しているのか明かりは控えめだ。

静寂を破るように、背後から扉の開く音がする。

「響汰《きようた》」

「……暁山《あきやま》か」

「起きていたのね」

「お前こそ」

暁山はタオルケットを羽織るように肩にかけている。なにも言わず、俺の隣に座った。

「暁山はキャンプ初めてか？」

「いえ、一度だけ……父と母と三人で、したことがあるわ」

「ああ」

暁山がふっと目を細めて、懐《なつ》かしむように穏やかに微笑《ほほえ》んだ。

「その時は、全部父がやってくれたわね。響汰よりも手際がよかったわよ」

「反応しづらいマウントはやめてくれ」

「本当に楽しくて、こんな時間がずっと続けばいいのにって思ってた」

都会の喧騒《けんそう》から離れて、自然の中で夜を過ごすキャンプは、手軽に味わえる非日常だ。

暁山はサンダルを脱いで足をベンチに立てた。両足を抱きかかえるようにして、膝《ひざ》に頰《ほお》を乗せた。そのまま、顔を俺に向ける。

「今も同じこと思ってる」

「……そりゃ、よかったな」

「うん」

「眠いのか？」

「少しだけ。ダメね、もっと頑張らないと」

「一日中ぴりぴりしてたからな。幸《さち》さんも郁《いく》も寝たし、今さら俺の前で緊張する必要もないだろ」

「それもそうね」

暁山《あきやま》が眠そうな瞳で、俺のことをじっと見つめてくる。

口調にも、いつもの棘《とげ》がない。

俺と暁山の間にある拳《こぶし》一つ分の空間が、ひどくもどかしく感じた。

「眠いなら戻って寝たらどうだ？　明日もあるんだし」

「ううん、もう少しだけ。今しかゆっくりできないもの」

「まあ、想夜歌《そよか》と郁が起きている間は大忙しだもんな。それも楽しいけど」

暁山とは元々、弟妹を通して関わるだけだった。

でも今は、この二人だけの時間も心地いい。

「この前話したこと、覚えてる？」

　ふと、暁山が尋ねてきた。

「家族みたい、って話か？」

「うん」

　抽象的な問いだったけど、聞き返すまでもない。俺も似たようなことを考えていたから。

「今日一日みんなで過ごして、これが家族なんだって思ったの。酷《ひど》いわよね、響汰《きようた》には響汰の家族がいるのに、勝手なこと思って」

「まさか。俺も、今日は家族旅行の気持ちだった」

　両親と旅行なんて、したことはない。

　俺にとっては初めてのことばかりだった。もちろん、想夜歌にとっても。

「父がいなくなって、私たち家族は一度壊れたの。そこに郁が生まれて……私も母も、郁の存在に依存するようになった。表面上はたしかに修復できたのだけど、まだまだ歪《いびつ》で……。私と母の間にも、ずいぶんと溝があったのよ」

「そうは見えないけどな」

「そうね。響汰がいる時は、まるで昔みたいに自然に過ごせるの。母が言うように、響汰は少しだけ、父に似ているから。認めたくはないけれど」

　俺も暁山も、家庭環境は一般的とは言い難《がた》い。

　叶うなら普通の幸せがほしいと、願ったこともある。普通なんて幻想なんだろうけど。

「母がいて、響太《きようた》がいて、可愛《かわい》い弟と妹がいて。変よね、二人が入ることで、綺麗《きれい》な一つの家族のような気がするの。……ごめんなさい、響太を父の代わりだなんて言う気はなくて、えっと……。響太となら、いい家族になれそう、なんて」

「結構すごいこと言ってる気がするけど、あとで後悔しない？」

「知らない。今は言いたい気分なの」

暁山《あきやま》が唇を尖《とが》らせる。

学年一位の秀才ともあろう人が、まったく頭が回っていないようだ。甘えたように話す彼女を、直視することができない。

照れて茶化すことしかできない自分が情けない。

「俺も……こんな家族だったら理想的だと思うよ」

「私も」

短く言い合って、なんとなく、会話が止まった。

ただ、なにも考えず夜空を見上げるだけ。忙《せわ》しない日常では、こんな風に星を見ることもない。都会よりも鮮やかに瞬《またた》く星々を、無言のまま二人で見つめた。

ゆったりとした時間が流れる。

暁山と二人で過ごすこの時間が、とても愛《いと》おしいものに感じた。

とん、と俺の肩にわずかな重さと、熱が加わった。

お互いになにも言わない。

口に出したら、壊れてしまいそうで。

気の利《き》いたことなんて言えなくても、言葉を尽くさなくても、勝手に伝わるような気がした。

……鼓動が激しくて、しばらく眠れそうにない。

俺は暁山のことを、どう思っているのだろう。

ただのママ友。ずっと、そう言ってきた。

友達よりも恋人よりも深くて特別な存在だと、以前暁山は言った。俺もそう思っている。

だから……この感情に、安易に恋心という名前はつけたくない。

好きだとか、付き合いたいとか、そんな平凡でありふれた表現は似合わない。

それでも、ほかに言葉が見つからない。

夏の夜の、一時の迷いなんかじゃない。ずっと、思っていた。

でも今の俺たちは、恋愛なんかよりよっぽど優先することがある。だから、その気持ちを外に出すのは、二人きりの今この時間だけ。

明日になれば元通りだ。

そんなことがぐるぐると頭を巡って、悪戯《いたずら》に時間だけが過ぎていった。

「暁山、あのさ……」

沈黙が続き、なにか話そうと声を掛けた。しかし、反応はない。

横目で視線を向ける。暁山《あきやま》が、俺の肩で静かに寝息を立てていた。

「寝たのか……」

小さく呟《つぶや》いても、反応はない。すーっと穏やかな吐息が、俺の首筋を撫《な》でる。

仕方ない、連れていってやるか。

お姫様抱っこの体勢で、そっと暁山を抱き上げる。煩悩《ぼんのう》を全力で頭から追い出して、暁山の部屋に運び込んだ。

「……好きだ」

暁山の寝顔を見ながら、自分にも聞こえないくらい小さな声で、そっと呟く。

「……何言ってんだ、俺」

暁山には聞こえてないよな……？　危なかった。

こんなの、ただの気の迷いだ。

顔が熱い。頭を振って、今度こそ平静を取り戻す。

そのまま、急ぎ足で自分の部屋に戻り、布団に潜り込んだ。


「ぜんっぜん寝れなかった……」

「そおか、ぐっすり」

「想夜歌《そよか》は睡眠不足とは無縁だもんな」

「ねるのすきー」

たくさん寝てテンションの高い想夜歌を着替えさせたり歯を磨かせたりしながら、大きく欠伸《あくび》をする。

あいつ、こっちの苦悩も知らないで一人で熟睡しやがって。少しは警戒しろ。

ていうか、俺も俺で変なことを口走った気がする。

あれだ。深夜テンションと眠気で、おかしな気分になっていただけだ。

「あら、眠そうね。修学旅行の小学生かしら？　子どもね」

「てめえ……」

「早く汚い顔でも洗ってきなさい」

朝から絶好調の暁山がタオルを投げ渡してくる。

こいつが好き？　ありえん。

片手で受け取って、暁山を睨《にら》みつける。

「ふふっ」

「はっ」

昨日のことを思い出して、どちらからともなく笑いだした。

まったく、あの殊勝さはどこへ行ったのか。

「お兄ちゃんとすみちゃんがあやしい……」

「姉ちゃんがへんだ」

弟妹が俺たちを見て、こそこそ言い合っている。

「あらあら。私はお邪魔《じゃま》かしら？」

俺が起きた時にはすっかり準備を終えていた幸《さち》さんが、楽しげに笑った。

「まさか！　幸さんが邪魔なんてありえませんよ！　すぐ朝食を準備するので、座っていてください！」

「いいの？　じゃあお願いします」

「任せてください！　幸さんのために、高級ホテル並みのビュッフェを作ります！」

「適量でいいですよ？」

朝から幸さんにご飯を作れるなんて、腕が鳴るな！

「幼女趣味だと思っていたけれど、だんだん本気で母を狙い始めてないかしら……」

暁山《あきやま》から白けた目を向けられる。

失礼な。俺はただ人として幸さんを尊敬しているだけなのに。あと幼女趣味でもない。

さすがに朝食で量はいらないので、全員分のトーストを手早く作る。

「少し遊んだらすぐ出るから早く食べて準備をするわよ」

「おう」

自分の分はさっさと食べて、片付けを開始する。

借りた設備もある程度綺麗《きれい》にしないとな。最低限の礼儀だ。

暁山と手分けして掃除して、荷物をまとめる。川には入らないから、着替えも必要ないだろう。軽く遊んで、昼前には出発する予定だ。

「そぉか、きめた。ここ、すみます」

「別に内見に来たわけじゃないぞ」

「かわも、かいます」

「川は売ってないと思うなぁ」

「なんてこった」

よっぽど楽しかったのかな。

帰ってからもしばらくはキャンプの話をしそうだ。連れてきてよかった。

想夜歌《そよか》と郁《いく》のお手伝いもあって、片付けはすぐに終わった。

俺と暁山で、先に荷物を車に積み込む。あとは帰るだけ、という状態だ。先に帰る準備を済ませておけば、ギリギリまで遊べるからな。

「よし、これであとは帰るだけだな」

「そうね。しっかりと母の仕事を奪ってやったわ」

「ああ、完璧《かんぺき》だったな。運転を代われないのが残念だ」

くっ、免許を取れる年齢ではないのがもどかしい。

車を運転できれば、想夜歌《そよか》とドライブすることだってできるのに……。え、やりたい。早く来年にならないかな。

「二人とも、ありがとう。おかげ様でゆっくりできました」

幸《さち》さんからも、こう言ってもらえた。

想夜歌と郁《いく》も「たのしかった！」と満足そうだ。

頑張った甲斐《かい》があったな。特に気合を入れていた暁山《あきやま》に拳《こぶし》を向けると、達成感に満ち溢《あふ》れた顔で返してくれた。

二日目は自然を観察しながらのんびりと過ごしてから、幸さんの運転で帰った。

帰り際。

先に家に送ってもらった時、暁山が車の窓を開けて俺を呼び止めた。

「響汰《きようた》、昨日の夜のことだけれど」

「うん？」

「全部、本心だから」

「は？」

忘れろ、とでも言われると予想していたら、正反対の内容だった。

真意を問いただす前に、窓を閉められてしまう。

暁山の顔は、窓越しでもわかるくらい赤く染まっていた。

「どういうことだ……」

昨日に続き、一方的に言ってきやがって。また俺だけ悩むことになりそうだ。

七章 妹がお菓子作りの天才すぎる。

The Love Comedy Which Nurtured With a Mom Friend

「想夜歌《そよか》ちゃん久しぶり〜！　会いたかったよ〜」

「ひーちゃん！　そぉかも、あいたかった！」

「ほんと？　嬉《うれ》しいっ。可愛《かわい》いこと言ってくれるなぁ」

玄関で出迎えた想夜歌を抱きしめてもみくちゃにするのは、柊《ひいらぎ》ひかるだ。

黒いミニスカートに、スカジャンを袖を通さずに羽織り、キャップを被《かぶ》っている。なにが入っているのかわからない小さすぎるバッグは必要なのだろうか？

「くれもっちゃんも、やほやほ」

夏休みに入ったのでしばらく会っていなかったが、相変わらずやかましい。

「おい柊。汚い手で想夜歌に触れるな」

「あ、ごめんごめん。手洗ってくるね」

「いや、汚い大人の手で触れるなって意味だけど。純粋な想夜歌が汚れるだろ」

「わお、今日もロリコン極まってるね」

「ロリコン言うな」

柊はリビングに入ると、スカジャンを脱いで畳《たた》み、その上にキャップを置く。

「マスター、麦茶！」

「五百円な」

「そんなこと言いながら準備してくれてるとこ、好き」

柊は俺からコップを受け取ると、一気に飲み干した。

外は相変わらず暑いので、うちまで来るだけでも相当汗を掻《か》いただろう。……なんて、女子に失礼か。スポーツ女子である柊には、汗も似合っている。

「突然連絡してごめんね。くれもっちゃんが暇でよかったよ」

「暇じゃない。俺は毎日想夜歌と遊ぶっていう大事な予定で埋まっているからな」

「だと思ったから、想夜歌ちゃんとお菓子を作るっていう名目にしたんじゃん。いつだか約束してたし」

「名目？　ほかになにか用事があるのか？」

「んー、まあいいじゃん」

なに、最近真意をぼかすの流行《はや》ってるの？　俺が察し悪すぎるだけ？

みんな、ちゃんと言葉にしないと伝わらないぞ。俺と想夜歌は以心伝心だけど！

柊から想夜歌と遊びたいとメッセージが入ったのは、昨日のことだった。

暁山《あきやま》家とのキャンプから帰ったあとはしばらく予定もなかったので、二つ返事で受けた。なんでも、想夜歌と一緒にお菓子作りをしてくれるらしい。

柊《ひいらぎ》から連絡が来るとは思っていなかったので驚いたが……ははん、さては想夜歌《そよか》が恋しくなったんだな。想夜歌は全人類を虜《とりこ》にする可愛《かわい》さだから、柊が会いたくなるのもわかる。

「想夜歌ちゃん、一緒に美味《おい》しいお菓子作ろうねー？」

「まかしぇろ」

「きゃー、可愛い。さすが私の妹！」

「お姉ちゃん？」

「そうだよー。私の妹になれば、なんとお菓子食べ放題！」

「そぉか、ひーちゃんのいもうとになる！」

想夜歌が悪い魔女に誑《たぶら》かされている。想夜歌は純粋なので、すっかりその気だ。

柊は悪い笑みを浮かべている。

「ぐへへ、これで想夜歌ちゃんは私のもの」

「想夜歌？　こんな悪いお姉ちゃんより、お兄ちゃんのほうがいいよね？」

「そんなことないよ。ねー、想夜歌ちゃん」

俺のところへ帰ってきてくれ。そんな願いを込めて、膝《ひざ》をついて両手を広げた。

想夜歌は俺のことをちらっと一瞥《いちべつ》だけしたあと、迷いなく柊に抱き着く。

「ひーちゃんがいい！」

「そんなぁああ！」

がっくりと項垂《うなだ》れる。

想夜歌《そよか》に捨てられたら生きていけない……。

「さすが想夜歌ちゃん、わかってるぅ！　じゃあ、そこで倒れてる変な人は放っておいてさっそく始めよ！」

「そぉか、ぜんぶたべる！」

「うんうん、でも自分で作ったほうが美味《おい》しいよ？」

「つくる！」

柊《ひいらぎ》が来た途端、俺のことは想夜歌の眼中にないらしい。非常に悲しい。

だが、柊が想夜歌と遊んでくれるのはありがたい。せっかくの夏休みだし、色んなことに挑戦してほしいからな。

お菓子作りについては完全に門外漢なので、余計な口は出さないことにする。

柊は持参したお揃《そろ》いのエプロンを想夜歌とともに着用した。準備がいい。

「冷蔵庫借りるねー」

「調理器具とか、自由に使ってくれていいぞ。いちいち断らなくていい」

「りょーかい。ありがと」

買ってきてくれた材料を、冷蔵庫に入れていく。柊は慣れているようだし、あとは任せよう。

俺はその間に家事でも済ませようかな。

学校や幼稚園が休みだろうと、家事はなくならない。

全て放り出して休みを謳歌《おうか》したいところだが、そういうわけにもいかないのだ。

想夜歌と離れるのは寂しいけど……柊が見てくれるなら、その間は家事に集中できる。

「想夜歌ちゃん、バレンタインって知ってる？」

「ばらんたん？」

「まだまだ先だけどねー、男の子に手作りチョコをあげるイベントなんだよー。想夜歌ちゃんは誰かあげたい人いる？」

「いく！」

「おー、じゃあ郁《いく》君に美味しいチョコを食べてもらうために、練習しないとね！」

風呂掃除をしていると、遠くから聞き捨てならない会話が聞こえてきた。

ゴム手袋をしたまま、慌ててリビングに戻る。

「おい！　想夜歌がバレンタインチョコを俺以外の男に渡すわけないだろ！　変なことを教えるのはやめろ！」

「想夜歌ちゃんは郁君にあげるんだもんねー？」

「ぜったい許さん」

半年後か……それまでに説得しないと……。

想夜歌《そよか》は「ねー」と柊《ひいらぎ》と笑いあっている。くっ、想夜歌のチョコは俺だけのものだ！

ぐぬぬ、と唸《うな》っていると「邪魔《じやま》だからあっちいってて」「あっちいけー」と二人に邪険にされたので、掃除に戻る。視界が滲《にじ》んで前が見えない。

「ちょこ、つくれるの？　はたけ？」

「カカオ……って何の実だろ？　あんまり畑ってイメージはないけど……知らないや。チョコを作るっていうのはね、溶かして形を作ったり、チョコのケーキを作ったりするんだよ」

「けーき！　そぉかのこうぶつ」

「知ってる～」

柊は想夜歌と会話する時、あまり子ども扱いしないで対等に話している気がする。想夜歌は柊のような大人の女性に憧れているので、大人として接してくれるのが嬉《うれ》しいのだと思う。よく懐《なつ》いている。

柊に選んでもらった服も未《いま》だにお気に入りだ。

一緒にお菓子作りをするのも本当に楽しそうで……混ざりたい気持ちをぐっと堪《こら》え、歯を食いしばって耐え忍ぶ。嫌われたくないからな！

でも、ちょっと見るくらいならいい？　想夜歌にバレないように、リビングの引き戸をちょっとだけ開いて覗《のぞ》き込む。

「こう？」

「そうそう！　上手！　ムラがないように丁寧《ていねい》に混ぜるんだよ〜。……ん？」

視線に気づいた柊が、俺のほうを見る。

にやりと笑って、ウインクと投げキッスをしてきた。お前に興味はない！　想夜歌が見えないからどけ！

「ひーちゃん、あじみしていい？」

「まだ味見するところまでいってないよ……？　はい、代わりにグミあげる」

「ぐみ！」

想夜歌が順調に餌付《えづ》けされている。

どうやったらあのお菓子魔人から想夜歌を取り戻せるか……。

「いい感じだね〜。あとはオーブンで焼くだけだよ。マフィンカップに移すから、私のやり方をよく見といてね」

「じー」

「近すぎかな……？　半分入れたら、私が家で作ってきたガナッシュを入れて、上からまた被《かぶ》せまーす」

「がなっしゅ？」

「なめらかなチョコ？　だよ。はい、こんな感じ！　やってみて」

苦しんでいる俺を他所《よそ》に、お菓子作りは順調に進んでいるようだった。

お菓子作りか……。想夜歌《そよか》と一緒に作るために、今度俺も柊《ひいらぎ》に教えてもらおうかな。決して、郁《いく》にあげるためじゃないぞ！

諸々《もろもろ》の家事を終えてリビングに戻ると、想夜歌がオーブンの中を覗《のぞ》き込んでいるところだった。初めて自分で作ったお菓子だ。焼き上がるのが楽しみで仕方ないらしい。

そういえば、なにを作ったのか聞いていなかったな。

お菓子の知識はないので、作業をちら見したくらいでは完成形は想像できなかった。

「そろそろ運命の時か……」

俺はソファに座り、精神を落ち着かせる。どっちに転んでも、俺の心は無事では済まないだろう。

すなわち、想夜歌は俺にお菓子をくれるのか、くれないのか。運命の分岐点である。

ピピピ、とタイマーが焼き上がりを知らせる。

「ひーちゃん、ぴぴぴ、なったよ！」

「鳴ったね～。綺麗《きれい》にできてるかなー？」

「かなー？」

「熱いから触っちゃだめだよー」

目を閉じているから、二人の会話だけが状況を知る唯一の手段だ。

どうやら、焼き上がったらしい。

まずい、どきどきしてきた。

緊張で手が震える。頭が真っ白になり、会話すらロクに聞こえなくなった。

想夜歌の初めての手作りチョコレート。それが貰《もら》えないかもしれないという未曾有《みぞう》のプレッシャーに、すでに俺の精神は限界を迎えていた。

こんなに緊張するのは初めてだ。死にそう……。しかし、死んだら二度と食べられない。

そう思って、なんとか耐える。

「お兄ちゃん！」

想夜歌の愛らしい声がした。

恐る恐る目を開く。

目の前には――お皿を両手で持った想夜歌がいた。

「いっこあげる！」

「ぞよかぁ……っ」

涙が溢《あふ》れ出した。

震える手で、想夜歌からお皿を受け取る。真ん中には小さなチョコレートケーキが載っていた。

「あのね、ほんだ？　ちょこ？　だよ！」

「フォンダンショコラだね」

「そぉかがつくったの！」

「カップに入れるのも想夜歌《そよか》ちゃんがやったんだよねー？　自分で食べる前に、最初にお兄ちゃんに食べてもらうんだって」

柊《ひいらぎ》が補足説明をしながら、スプーンを渡してくれる。

なんて優しい子なんだ……。貰《もら》えないかもしれない、なんて想夜歌を信用していないみたいじゃないか。想夜歌がくれないわけないのに。

「うっぐっ。想夜歌、ありがとう……」

「うわ、汚っ。なんで泣いてるの？」

「剝製《はくせい》にして永久保存する……」

「食べなよ。温かいうちが一番美味《おい》しいよ」

柊が冷静にツッコんでくる。うるさい。俺は今、感動を噛《か》みしめているんだ。

「お兄ちゃんがへんなのは、いつもです」

「想夜歌ちゃん、これに慣れちゃダメだよ。世間一般では、こういう人のことを変態っていうの」

「へんたい？」

想夜歌の罵倒《ばとう》すら、今は心地いい。

俺はフォンダンショコラにスプーンをそっと差し入れる。

外側はケーキやマフィンのようだ。しかし、中からは柔らかい生のチョコレートが出てきた。

口に運び、ゆっくりと噛みしめる。ケーキの食感と舌の上でとろけるチョコレートが合わさってめちゃくちゃ美味しい。

「どう?」

「美味《うま》すぎる……」

「やったぁ！　そぉかもたべる！」

想夜歌は嬉《うれ》しそうにぴょんと跳ねると、自分の分も取りにいった。

大きく口を開けて放り込むと「うまうまうま！」と舌鼓《したつづみ》を打つ。

「食べるのがもったいない……。だが、美味しいうちに食べないのももったいない！　ああ、この時間が永遠に続けばいいのに！」

「大げさだね～。あっ、ほんとに美味しい。やっぱり大きいオーブンがあると作りやすくていいなー」

使いもしないのに無駄に凝って母さんが導入したオーブンが、活躍したようでよかった。

形あるものはいつか失われてしまうのが、この世の理《ことわり》。

なるべく時間をかけて味わっていたが、美味すぎてすぐになくなってしまった。

「柊」

「えっ、なに改まって。怖いんだけど」

「本当にありがとう」

「あ、うん。こんなのでよかったらいつでも」

「まじ？　お前いい奴だな。結婚してくれ」

「ごめん、私には……あっ」

「ん？」

いつものノリで冗談を言ったつもりだったけど、柊《ひいらぎ》の反応がぎこちない。

一瞬、会話が止まる。

打てば響くような柊と気まずくなることなんてまずない。どうしたのだろう。

「さ、さーて。食べ終わったし、後始末をしようかな！」

「あ、ああ。片付けくらい俺がやるぞ」

「んー、私はキッチンをお借りした立場だからね。人任せってわけにはいかないよ。でも手伝ってもらおうかな」

すぐにいつもの柊に戻った。気のせいだったかな……？

「そぉかは、たべたら、ねむくなる……」

しっかりフォンダンショコラを二つ食べた想夜歌《そよか》が、ソファに倒れ込んだ。虫歯にならないように、あとで歯を磨かせよう。

柊と一緒に、手分けして使ったボウルなどを洗っていく。

柊はさすがの手際で、料理はある程度しているつもりの俺も舌を巻く。

お菓子か……甘いものにはそれほど拘《こだわ》りがないので作ってこなかったが、想夜歌が喜ぶなら挑戦してみてもいいかもしれない。料理と違って手間の割りに安くなるわけでも、美味《おい》しくなるわけでもないので、あまりやる気になれなかったんだよな。

「くれもっちゃん、澄《すみ》とお泊まりしてきたんでしょ？　真面目そうに見えて、案外進んでるね」

「そんなんじゃないって。想夜歌と郁《いく》、暁山《あきやま》の母親も一緒だったし」

「わお、親公認だ」

なんでも恋愛に結び付けやがって……。

柊が特別なのか、高校生なんてそんなものなのか。

「一緒の場所で寝たんだよね？　なにかハプニングとかあった？」

「なんもねえよ」

「あっ、あったんだ。大丈夫、面会には行ってあげるからね」

「……逮捕されるようなことした前提⁉」

ボケが一段飛ばしだからツッコミが遅れたぜ。俺としたことが。

色々あったような気がするが、柊に話すようなことでもない。そもそも、俺の中でもまだ呑《の》み込めていないのだ。あれから暁山《あきやま》にも会っていないし。

「いいなー、青春だなー」

「柊《ひいらぎ》だって、部活で青春してたんだろ?」

「あっ、自分が青春してることは否定しなかった」

……柊の前では喋《しゃべ》らないほうがいいかもしれない。

痛くもない腹を探られているような気分だ。

「私の青春かぁ。どうだろうね」

「合宿とかあるんだろ?」

「合宿は先週だったよ」

オーブンで焼いている間に、柊がある程度洗いものを処理してくれていたみたいで、片付けはすぐに終わった。

柊がタオルで手を拭《ふ》きながら、俺を見る。

「フラれちゃった」

「……そうか」

「うん。ダメだった」

感情の読み取れない表情で、柊が言った。

なんと声をかければいいのかわからなくて、俺は黙った。

失恋した女の子にかける言葉なんて、俺は知らない。

「なにか言ってよ」

柊が眦《まなじり》を下げて自虐的《じぎゃくてき》に笑った。

「……えっと」

なんとか言葉を探して、目を泳がせる。

その俺の姿を見て、柊が噴き出した。

「あはは、なんてね！　くれもっちゃんは案外ピュアだから、からかいやすいなぁ。どう？　失恋して泣きそうな女の子をやってみました。襲いたくなった？　今なら襲ってもいいよ？」

「柊」

「瑞貴《みずき》にはフラれたけど、ダメ元だったしね～。そんないつまでも落ち込むような私じゃないって。もう切り替えたよっ。いやぁ、私から追いかけるなんて慣れないことするもんじゃないね。私みたいな美少女は、追いかけられてこそっていうか」

「一回、黙れ」

意味もなく手を動かしながら喋り続ける柊。

俺は無理やり彼女の両肩を摑《つか》んで、強引にこちらを向かせた。

「柊は誰よりも本気だっただろ。失敗したからって、過去の自分を笑うなよ」

「……なにそれ。くれもっちゃんは瑞貴の友達でしょ」

「柊《ひいらぎ》とも、とっくに友達のつもりだ」

瑞貴《みずき》とは、たしかに親友と言えるほど仲がいい。けど、あいつの女性関係については興味ないし、ノータッチだ。瑞貴も、わざわざ俺に話してこない。

だから、柊の件についてはどちらかといえば、彼女に肩入れしていた。

明確に味方するようなことはないが、何度か協力したこともある。

柊と関わっていく中で、彼女の本気度は嫌というほど伝わった。

それこそ、瑞貴にはもったいないくらいに、柊ひかるという少女は真剣に恋していたのだ。

フラれる可能性が高くても、気持ちのうえでは応援していた。

「……くれもっちゃんは優しいね」

柊は俺の手を優しく振り払うと、自分の腕を抱いて壁に寄りかかった。ずるずると背中で滑るようにしゃがみ込む。

「本気だったよ。吐くくらい本気だった……っ。だから、向き合えないいんじゃん。自分の気持ちを誤魔化《ごまか》さないと、耐えられないの。そんな簡単に言わないで」

「……すまん」

「あっ……、ううん、ごめん。八つ当たりしちゃった。ダサいよね、こんなの」

「ダサくなんかない」

「ダサいよ。あーあ、一応くれもっちゃんには報告しようと思ってきただけなのに。こんな取り乱す姿なんて、見せる予定なかったんだけどな」

突然連絡してきたのは、これが理由らしい。

いつも余裕綽々《よゆうしゃくしゃく》な顔を崩さない彼女の弱った姿に、胸が締め付けられる。

瑞貴が悪いと言うつもりはない。付き合うかどうかは本人の自由だ。

しかし、柊の努力が報われたらよかったなとは思う。あくまでも外野な俺には、どうすることもできないけれど。

「でも、後悔してないのは本当だよ！　告白しないでいるほうが、絶対後悔したもん。告白して正解だった。できることはやったつもりだしね」

柊はぱっと立ち上がって、明るく言った。

「強いな。柊なら、次の恋はもっと上手《うま》くやれるだろ。いつになるかわからないけど……」

「次の恋？　なに言ってるの？」

きょとんと、柊が何度か瞬《またた》く。

「諦《あきら》めるなんて一言も言ってないじゃん。一回フラれたら、振り向いてもらえるようにもっと頑張るだけだし？」

柊はそう言って、勝気な笑みを浮かべる。

そういうものなのか……？

少なくとも、去年瑞貴にフラれた女子たちはすぐに諦めて、他の男に行っていた。付き合えたらラッキーくらいの気持ちで告白しただけ。そんな奴ばっかりだ。俺には恋愛感情というものがわからないから……って」

「それに、瑞貴《みずき》が言ってたんだ。誰とも付き合う気はない。俺には恋愛感情というものがわか
「それ、絶望的では？　柊《ひいらぎ》がどうとか関係なく無理ってことだろ」

「違うよ！　私が愛の力で、瑞貴に恋愛感情を芽生えさせればいいんだよ」

「……自分で言ってて恥ずかしくない？」

「うん、はずい」

えへへ、と柊が頬《ほお》を掻《か》く。

柊は可愛《かわい》いしモテるし、相手が瑞貴以外だったら、こんなに苦労することもなかっただろう。彼女の猛アピールを受けて惚《ほ》れない男なんて、そうはいない。

でも……それでも困難な道を選ぶくらい、瑞貴が好きなんだ。

あいつ、こんだけ好かれてるのに断るなんて、贅沢《ぜいたく》な奴だな。いつか刺されろ。

「なあ、聞いていいか？」

「んー？」

「なんで、そこまで好きになれるんだ？」

「え、顔」

「あ、そう……」

即答だった。

俺が呆《あき》れてため息をつくと、柊が続けた。

「だったよ、最初は。でも、仲良くなってわかったんだ。案外黒い人なんだなぁって」

「趣味悪っ」

「性格悪くて、歪《ゆが》んでて、軽薄で、愛情がなくて」

柊が指折り数えて、瑞貴の特徴を挙げていく。

「今のところ悪口だけど大丈夫そう？」

「大丈夫。そんなところが好きなんだ。瑞貴ってね、ああ見えて結構、家族のことで苦労したみたいだし……そういう闇を見せられるとさ、私が守ってあげなくちゃって思うよね」

オッケー、クズ男を好きになるタイプね。

柊が瑞貴のことを好きなのは知っていたけど、まさかそんな理由だったとは。こいつも大概《たいがい》おかしい。

好き勝手話してすっきりしたのか、憑《つ》き物が落ちたような顔で、柊が笑った。

「あー、くれもっちゃんに会いに来てよかった。だれかに吐き出さないと、落ち込んだままだったし。あーすっきり」

「そりゃよかったよ……」

結局、なんだったんだ。柊の中で結論は出ていたようだし、無駄に気を揉《も》んだわ。

柊《ひいらぎ》は晴れ晴れとした顔で、キッチンから出てソファに座った。すやすやと眠る想夜歌《そよか》の前髪を、指先でそっと分ける。

「やっぱ……うん。告白してよかった。後悔だけは、絶対したくなかったから」

「おう。お疲れ」

「ありがと。くれもっちゃんも、後悔しないようにね」

「俺も？」

基本的に全力で生きてるから、後悔することはあまりないけど……。想夜歌関係で失敗したときは悔やむけど、どちらかと言えば反省って感じだし。

「好きになったら、その気持ちからは目を逸《そ》らしちゃダメってこと。ちゃんと向き合って、行動に移さないと。後から気づいたって、もう遅いんだから」

「うん？　そりゃそうだけど、別に俺は……」

……恋愛なんて、している暇はない。

俺は全力で想夜歌に尽くすんだ。ただでさえ未熟な兄なんだから、ほかのことに現《うつつ》を抜かしている余裕なんてない。

「ふーん。くれもっちゃんが本心からそう思ってるならいいんだけどさ」

「……ああ、本心だ」

「そ。私に嘘《うそ》つくのはいいけど、その時が来たら、自分には嘘をつかないでね？　きちんと向き合うこと。いい？」

「……まあ、わかった」

「よろしい。以上、恋愛上級者ひかるちゃんからのアドバイスでしたっ」

湿っぽい空気は終わり、とばかりに柊が手を叩《たた》いた。

それを合図に、いつもの気安い関係に戻る。

「フラれたけどな」

「あー、ひっどい。傷をえぐられた！」

くすくすと笑って、肩を小突いてくる。

「さて、想夜歌ちゃんも寝ちゃったし、私は帰ろうかな。これ以上いると、くれもっちゃんの好きな相手が私になっちゃいそうだし……」

「絶対ないから安心してくれ」

「へー、試してみる？」

柊が挑戦的な笑みを浮かべて、俺に顔を近づけた。至近距離で見る柊の顔は、やはりとびきり可愛《かわい》い。

「ちょっと期待したでしょ」

「……まさか」

「即答しろよー」

仕方ない。男の本能だ。

柊《ひいらぎ》はすぐに離れて、帰り支度を始めた。キャップを目深《まぶか》に被《かぶ》ると、ツバに手を添えたまま俺を見た。

「じゃ、今度こそ帰るね」

「じゃあな。想夜歌《そよか》の相手してくれてありがとう」

「こちらこそ。また学校でねー」

ひらひらと手を振って、柊が帰っていった。

嵐のようだったな……。

でも、真剣に恋愛している柊が、少し羨《うらや》ましい。

ふと、暁山《あきやま》の顔が脳裏に浮かぶ。キャンプの夜の、暁山の表情も。

一番長い時間一緒にいて、一番仲がいいのは、間違いなく暁山だ。

一般的な感情で表現するなら、彼女に抱いているのは恋愛感情なのだと思う。

けど、そんな単純なものでもない。

「後悔しないように、ね……」

柊に言われた言葉。

少なくとも、わからないまま終わりたくない、とは思う。

でもそれを素直に口に出したり、認めたりすることは、まだ俺にはできそうになかった。

数十分後、たっぷりお昼寝した想夜歌が、ひーちゃんに会いたいと騒いでいた。再会の日は近そうだ。

八章　ママ友。

The Love Comedy Which Nurtured With a Mom Friend

夏休みも後半に差し掛かってきた。

今日は、夏のビッグイベントが開催される。

そう、花火大会である。

俺は想夜歌《そよか》を連れて行こうと、夏休み前から調べていた。しかし……。

「想夜歌、話がある」

「んー？」

「今日はやっぱり、俺と来ないか？」

「やだ！」

「そんなぁぁあ！」

にべもなく断られて、俺は悲痛の叫びをあげる。今ならムンクの代わりに絵画になれそう。

夏と言えば、花火。その中でも今日開催される花火大会は、県内有数の規模のもの。行かない手はない。

もちろん、言うまでもなく俺は想夜歌と行くつもりだった。

なのに……。

「きょうは、ママとあそぶの！」

「お兄ちゃんはいらないってこと⁉」

「いらなーい」

俺より母さんを取るなんて……。

「あんた、まだ言ってるの？　今日は想夜歌を連れて行くって結構前から言ってあったじゃない」

「最後の交渉だよ！　だいたい、なにも今日じゃなくたっていいだろ」

「やっと一日だけ休みが取れたのよ」

母さんが化粧をしながら、ぶっきらぼうに言った。

想夜歌の誕生日に、どこかで休みを取ると約束していた。少し時間が空いたが、ようやく一日空けられたのが今日なのだ。

「ママとおでかけ！」

「そうだよー、想夜歌。今日はママとお出かけしようねー」

「する！　どこいくの？」

「遊園地」

「ゆうえんち！」

想夜歌もすっかり乗り気だ。

「そ、想夜歌《そよか》……？　今日はお兄ちゃんとは遊ばないの……？　どこでも連れていってあげよう！」

「ママがいい」

「花火大会があるんだ！　花火、見たくない？」

「みなーい」

「お菓子もあるよ……？」

あの手この手で想夜歌を取り返そうとするけど、まったく靡《なび》いてくれない。

想夜歌の幸せを考えれば、今日は母さんに譲《ゆず》るべき……それはわかってる。

母さんからの愛されてないんじゃないか、という不安がピークになって泣いてしまったことは、記憶に新しい。誕生日を経て母さんの態度もだいぶ軟化したけど、結局、二人で過ごす時間はあまり増えていないのだ。

その中でようやく訪れた休日。想夜歌が楽しみにするのも無理はない。

今日はたっぷり母さんに甘えてもらって、想夜歌には母親というものを実感してもらいたい。

「わかってるけど俺だって想夜歌と遊びたい……っ」

なお、毎日遊んでいることは棚にあげておく。

遊園地だって、俺も想夜歌と行きたいのに……。

「お兄ちゃんは、きちゃだめだからね！」

「ぐはっ」

想夜歌からびしっと言われ、致命傷を喰《く》らった。受け身も取らずに床に倒れ伏す。

はっ、まさか、夏休み中ずっと一緒にいたから飽きられた!?　俺と二人の時は甘えてくるのに、ほかの人がいたらそっちに行ってしまう……。俺は都合のいい男ってこと……？

「邪魔《じゃま》だから部屋の真ん中で倒れないでよ」

「無理だ……俺はもう動けない……」

「なに？　響汰《きょうた》も私に甘やかされたいの？　幼児退行？　仕方ない子ねえ」

「やめてくれ。鳥肌が立つ」

「あっそ」

母さんはわざわざ俺を跨《また》いでいった。

私服姿の母さんを見るのは、いつぶりだろう。

スーツしか着ないから、私服を選べなかったのだろうか。結局、パンツスーツのような見た目の、麻色のセットアップだ。しかし、いつもより化粧は派手である。

母さんなりに気合入れてるのかな……。

「ま、まあ花火大会はめちゃくちゃ混んでるから、想夜歌には辛《つら》かっただろうな。始まるまで待たなきゃいけないし、もう少し大きくなってからでもいい。そう、もともと行く予定なんてなかったんだ……」

自分に言い聞かせる。

想夜歌《そよか》なら、大きな花火大会に行くよりも庭で手持ち花火でもしたほうが楽しめるだろう。

近所の公園で小さな夏祭りもある。俺と想夜歌の夏はまだ終わっていない……っ。

「あんた、彼女とかいないの？　女の子と行ってきなさいよ」

「……余計なお世話だ」

ほんとに、余計だ。おかげで、暁山《あきやま》のことを思い出してしまった。

当然、彼女ではなく、ママ友だ。だから、想夜歌がいないのに誘う理由なんてないのに。

「おっ、その反応は誰かいい子がいるのね？」

「いねえよ。早く行ってこい」

「行くなと言われても行くわよ～」

母さんがそう言うと、想夜歌も真似《まね》して「いくわよ～」と笑った。

想夜歌と母さんは準備が終わったのか、そのまま俺を置いてリビングから出ていく。母さんと出かけた経験なんてないから、想夜歌は大喜びだ。想夜歌が楽しいなら、俺は大人しく涙を呑《の》むさ。

「今日はなにしようか……」

いつも想夜歌といたから、一人での過ごし方がわからなくなった。

趣味とかないし……スーパーで想夜歌が好きそうなオモチャをリサーチしてこようかな！　良さそうなものがあったら買ってもいい。ふふふ、想夜歌の喜ぶ顔が目に浮かぶようだ。想夜歌を取り戻すべく、ポイントを稼がないと。

予想外に訪れた暇な時間をどう活用しようか考えていると、スマホが着信を知らせた。

暁山からの電話だ。

「はい、昏本《くれもと》です」

『あ、響汰《きょうた》？　今日、花火大会があるじゃない？　響汰は想夜歌ちゃんと行くの？』

「あー……すまん、ちょうどフラれたところだ」

『はい？』

「聞いてくれるか？　涙の大長編ストーリーなんだが……」

『短くお願い』

「想夜歌は母さんと出かけることになった」

『泣くのは響汰だけじゃない。長くもないし』

そんな……。旬のイケメン俳優が主演を務める感動青春映画ばりに泣ける内容なのに。現に、俺の目から涙が止まらない。

「まあ、そんなわけだから、せっかく誘ってもらったけどすまん。想夜歌がいないのに、俺だけお邪魔《じゃま》するわけにもいかないからな」

タイムリーな誘いだっただけに、残念だ。

元々、今日は母さんが休みの予定だったから暁山《あきやま》とは約束していなかった。最後のあがきで想夜歌《そよか》を取り返そうとしたけど、当然のように失敗したし。

「行きたかったなぁ」

つい、言葉が零《こぼ》れる。

想夜歌と一緒に行きたい、というのは言うまでもなく。暁山や郁《いく》と花火を見るのも、楽しそうだ。

「ごめんな。じゃあ楽しんで……」

『待って』

謝って電話を切ろうとしたら、暁山に呼び止められた。

『響汰《きょうた》。今日なのだけれど……』

「うん？　だから想夜歌がいないし、家族の輪に俺だけ入るのも変だろ」

『話は最後まで聞きなさい。母は人混みが苦手だし、郁も想夜歌ちゃんが来るなら行く、くらいで積極的に行きたいわけじゃないのよ』

「そうなのか。じゃあなおさら、想夜歌がいないと、だな……」

それは悪いことをした。いや、俺じゃなくて母さんだな！　俺から想夜歌を奪うなんて、悪い母親だ！

『いえ、あのね、私じゃなくて母がね、浴衣《ゆかた》を用意してくれていたみたいなの。せっかくだからって。なのに、着ないのももったいないじゃない？』

「ほう、幸《さち》さんの浴衣姿か」

『私のよ』

電話越しでも暁山の鋭い声は健在だ。

暁山はこの花火大会に合わせて、浴衣を着るつもりだったようだ。暁山の浴衣姿……正直、見たい。美人でスタイルがいいから、きっと似合うだろう。

「なあ暁山。……よかったら二人で行かないか？」

気が付けば、そう口をついて出ていた。

『えっ？』

首筋がじんじんと脈打つ。それでも、口調だけはなんとか平静を装《よそお》う。

「あっ……いや、想夜歌たちと行く時のために、下見をしておく必要があると思ってな」

少し、声が震えた。

それでもこのチャンスを逃したくなかったのは、つい先日の柊《ひいらぎ》の言葉があったからだ。

暁山のことで、後悔しないように……。

電話の向こうで息を呑《の》む音が聞こえた。

『……私も同じことを思っていたわ』

「さすが、俺のママ友だ」

『当然よ。……遅れたら許さないから』

そう早口で言い放って、暁山《あきやま》は電話を切った。

まったく、素直じゃないな。……それは俺も同じか。想夜歌《そよか》を理由にしないと、デートに誘うこともできない。

再び、スマホが通知音を鳴らす。今度はメッセージだ。『四時』と、たった二文字だけ。

遅れたら許さないと言ったものの、集合時間を決めていなかったことを思い出したのかな。

暁山もそれなりに動揺しているらしい。

「……会うまでには冷静にならないとな」

まだ時間はある。お茶でも飲んで、落ち着こう。


なんて猶予は、すぐに消え失せた。

浴衣《ゆかた》なんて持っていないことに気が付いて慌てて買いに行ったりしていると、待ちあわせの時間は瞬《また》く間に訪れた。

「はぁ……間に合った……」

最寄り駅に着いたのは、待ちあわせ五分前。ぎりぎりだ。

俺の装《よそお》いは、無難な紺色《こんいろ》の浴衣だ。浴衣を着るのは初めての経験だけど、駅には同じように浴衣姿の人が大勢いるので、恥ずかしさはない。

別に、私服で来てもよかったし、普段ならそうした。

でも、先ほどの暁山の電話……。彼女が着るなら、俺も着るのが礼儀だろう。

「えっと、暁山は……」

改札前で、ぐるっと見渡す。

似た服装の人が大勢いるのに、暁山はすぐに見つかった。一番目立っていたからだ。

「見てあの子。綺麗《きれい》……」

「うわ、めっちゃ可愛《かわい》い」

周囲からの視線を一身に集めながら、気にした様子もなく壁際に毅然《きぜん》と立つ少女。

まるで彼女に遠慮しているかのように、そこだけぽっかりと空間が空いていた。

落ち着いたはずの心臓が、また騒ぎ始める。

そして、彼女が待っているのが俺一人だという事実に、優越感を覚える。

ふう、と息を大きく吐いて、暁山に近づいた。

「あ、暁山。お待たせ」

「ぎりぎりね。仕方ないから許してあげるわ」

「遅れてたらなにされてたんだ……？」

恐怖で震える。今日が俺の命日になっていたかもしれない……。

暁山《あきやま》が無表情のまま、俺をじっと見つめてくる。どう嬲《なぶ》り殺そうか考えている感じですか？

「なんだよ」

「……なにかないの？」

「ん？」

「ないのね」

暁山が怒ったようにそっぽを向いた。

ようやく、彼女がなにを待っているのかわかった。

改めて、彼女の全身を見る。

アサガオの花に彩られた、水色の浴衣《ゆかた》だ。長い髪は綺麗《きれい》に結わえてあって、思わず首筋に目線がいってしまう。

顔にはほんのりと化粧が施されていて、服装も相まっていつもより綺麗に、そして可愛《かわい》らしく見えた。

服装を変えただけなのに、非日常感が漂う。

「えっと……似合ってる、と思う」

「知ってるわ」

ふふん、と口角を少しだけ上げて笑った。

どうやら、及第点らしい。暁山が下駄を鳴らして歩きだす。

「早く行くわよ」

「お、おう」

今日の暁山はずいぶんと機嫌がいい。

浴衣と同じ柄の巾着が、まるで気分を表わしているようにゆらゆらと軽快に揺れる。

「楽しみね」

「そんなに花火好きだったのか？」

「ええ。嫌いじゃないわ」

暁山とは、何度も一緒に出かけたことがある。

でもそこには必ず、想夜歌《そよか》と郁《いく》がいた。二人になるのはせいぜい、学校の行き帰りで一緒になった時くらい。

だから、二人で出かけるのは初めてだ。

弟妹と通じてだけ関わる、ママ友。でも今日だけは普通の友人として、花火大会に行く。

電車に乗って、みなとみらい方面に向かう。今日は地元の新聞社が主催する、大規模な花火大会だ。毎年数十万人の客が集まるイベントである。

電車内は、おそらく同じ目的地であろう人たちでごった返していた。

暁山と並んでつり革に掴《つか》まる。混んでいるので、ほとんど肩が密着するような状態だ。

「響汰《きょうた》も、ちゃんと浴衣で来たわね」

「ああ。たまたまそういう気分だったんだ」

「ふふふ。そう、偉いわ」

「お褒《ほ》めに与《あずか》り光栄だよ」

暁山《あきやま》がいつになく明るくて、反応に困る。普段の仏頂面《ぶっちょうづら》は影もなく、表情は柔らかい。

おかしい。口を開けば罵倒《ばとう》してくるような奴だったはずなのに。

電車に揺られている間も、ずっとにこにこしていた。

暁山の横顔を盗み見る。

綺麗《きれい》にまとめられたアップヘアは暁山の横顔を露《あら》わにしていて、楽しそうに話す様子がよく見える。

「母がやってくれたの」

「え？」

「髪、見ていたでしょう？　あまりアレンジすることないから、落ち着かないわね」

暁山は電車の窓を見ながら、指先で少しいじる。

見ていたのは髪じゃなくて顔なんだけどな。

「想夜歌《そよか》ちゃん、今日はお母様とお出かけなのよね？」

「ああ、母さんが休みを取れたみたいでな。喜んで遊びに行ったよ」

「響汰《きょうた》は捨てられたのね。無様《ぶざま》だわ」

「違う！　想夜歌が俺を捨てたりするもんか！」

「電車の中で騒がないでちょうだい」

おっと、つい声が大きくなってしまった。

やっといつもの調子に戻ってきた。そうだ、暁山はこうじゃないと。

「傍《はた》から聞くと、本命の女の子にフラれたから別の子と来たみたいな状況ね」

「実際そうだからなぁ……」

「私が代わりなんて、響汰のくせに生意気よ」

「想夜歌の代わりは誰にも務まらないけどな」

それにしても、本当にすごい混雑だ。

これは想夜歌を連れて来なかったのは正解かもしれない……。この調子だと帰りも遅くなるだろうし、想夜歌や郁《いく》には辛《つら》いだろう。俺でさえ、すでに体力をかなり消耗している。

「……着いたわね」

車内のアナウンスを聞いて、暁山が呟《つぶや》く。

ほとんどの乗客がここで降りるようだ。扉が開くと同時に、一斉に動き出した。

「響汰……」

人の流れに乗って降りようとすると、そっと袖を引っ張られた。

そうしている間にも、周囲と身体《からだ》がぶつかり押されていく。

この人混みでは、袖を摘《つ》まむだけでは心許《こころもと》ないだろう。俺は左手で暁山《あきやま》の手を摑《つか》んで引き寄せた。

「まあ、なんだ。想夜歌《そよか》にも同じことするし」

「……子ども扱いしないで」

「はぐれたら困るだろ」

暁山が細い指でそっと握り返す。

しばらく、そのまま手を繋《つな》ぎ続けた。改札を抜ける時、どちらからともなく手を離す。

改札の外は、少しは身動きが取れそうだった。隣に並んで再び歩き出す。

「山下公園《やましたこうえん》で見るんだよな」

「ええ。会場からは少し離れているけれど、その分、人気な場所よりも空《す》いているから」

「花火はデカいし、ちょっと離れてるくらいが見やすいだろ」

先ほどまで手を繋いでいたことなんておくびにも出さず、普通の顔をして会話する。

あれはただ、はぐれないように摑んでいただけだ。

深い意味はない。

でも、俺の左手にはしっかりと感覚が残っていた。

「不思議よね。郁《いく》も想夜歌ちゃんもいないのに、二人で来るなんて」

「まあな。そんなこと今までなかったし。……誘わないほうがよかったか？」

「私から誘ったようなものじゃない。最後だけ譲《ゆず》ってあげたのよ」

「はっ、しどろもどろだったくせになに言ってんだ」

「それは……っ。仕方ないじゃない」

頰《ほお》をほんのりと赤く染めて、唇を尖《とが》らせた。

「……恥ずかしかったんだから」

いやいやいやいやいや、待て。

え？　暁山《あきやま》ってこんな可愛《かわい》かったか？

しかもこんな、照れたりして……まるで、恋する女の子みたいな……。

俺まで顔が熱くなる。

キャンプの夜といい、最近の暁山は壊れている。

今までは、仮にそういう雰囲気《ふんいき》になっても必ず、一線を引いてあくまでママ友という立場を崩さなかったはずだ。なのに、急に素直に……って言うと、思い上がっているみたいになるけど。

まったく気が付かないほど、俺も鈍感ではない。

思い上がりでなければ……暁山は、俺にママ友関係以上の特別な感情を抱いている。

そして、俺も暁山に並々ならぬ気持ちを持っている。それは認める。

だからといって、俺たちの第一優先が弟妹であることは変わらない。だから、今まではお互いに距離を詰めようとしなかった。

「なんで誘ってくれたの？　私が誘ってほしそうだったから？」

「……まあ、それもあるけど。俺も来たかった」

「そう。ありがと」

暁山は短くお礼を言ってはにかむ。

「あの、暁山さん？」

「なに？」

「どうしちゃったんですか？」

「なんで敬語なのよ」

「いや、なんとなく……」

俺の口調よりも、あなたの態度のほうがおかしいです。

俺の知っている暁山澄《すみ》は、こんなに可愛らしい少女ではない。

「……ごめんなさい。困るわよね。突然、接し方が変わったら」

「困るというか、戸惑ってる」

「私ももっと上手《うま》くやれると思ったのだけれど、ダメね。そんなに器用じゃないから」

「それって、どういう……」

「あっ、あそこ座れそうね」

公園までの道のりは、平坦な道を真っすぐ進むだけだった。

海のすぐ隣にある公園で、かなり広い。花火は海上で打ち上げられる予定なので、ここからならよく見えるだろう。

穴場というほどではないが比較的人が少ない場所なので、ぎりぎり座れそうだ。

着いた時にはすでに多くの人が花火の開始を待っていたが、まだスペースは空いている。ちょうどいい場所を見つけて、レジャーシートを広げた。

なんとなく気恥ずかしくて、少し離れて座った。

「ずいぶんと離れて座るのね」

「……想夜歌《そよか》と郁《いく》が間にいる想定だ」

「なに馬鹿なこと言ってるの？　混んでいるのだから、詰めないと」

暁山《あきやま》が一度立ち上がって、俺のすぐ隣に座り直した。その拍子に肩がぶつかる。詰めるにしても近すぎない？

会話が途切れたせいで、さっきの言葉の意味を聞きそびれた。改めて聞く雰囲気《ふんいき》でもない。

暁山は膝《ひざ》を立てて座り、うちわで首元を扇《あお》いでいる。その姿があまりにも美しくて、俺はすぐに目を逸《そ》らした。

「飲み物、買ってこようか？」

「いらないわ。持ってきてる」

いたたまれなくなって、口を開く。そうだった。俺も暁山も、飲み物は持参している。額を流れる汗は暑いからか、冷や汗か。とりあえずハンカチで汗を拭《ぬぐ》って、水を一口含んだ。

いつもどんな話をしてたっけ。

会話の糸口を探していると、暁山が真剣な顔になって俺を見た。

「郁と想夜歌ちゃんもいるなら、飲み物は多めに持って来たほうがいいわよね。買いに行ったりしたら、戻ってこられるかわからないもの。あと、お菓子も」

「そうだな。でも、トイレに行きたくなるのも困らないか？　ぜったい混んでるぞ」

「たしかに。始まる前に済ませておかないといけないわね……」

「ていうか、この人数が一気に駅に行くんだよな……。電車に乗れるまでどんだけかかるか」

「やっぱり、待ち時間が課題よね。もう少し大きくなってからのほうがいいのかしら……」

今日イチ滑《なめ》らかな会話だった。

これだよこれ！

俺と暁山はママ友。今日は下見に来たんだから、こういう会話をしないと。

もはや安心感すら覚えるいつもの会話で、居心地がいい。

「ふふふっ。二人で来ていても、結局、郁たちのことを話してしまうわね」

「俺の脳みそは想夜歌のことで埋め尽くされているからな」

「さっき歩いている時も、郁《いく》が好きそうな屋台とか、看板とか……そういうものばかり探してしまうわ」

俺も同じだ。花火大会メインだから縁日のようなものはなかったけど、焼きそばやたこ焼きの屋台はいくつもあった。想夜歌《そよか》が好きそうだな、ってずっと考えていた。

「それが俺たちだよな」

「そう、よね。でも、今日は覚悟してきたの。気持ちを隠せるほど器用でも、慣れてもないから。だから今日は、郁も想夜歌ちゃんも関係なく、響汰《きょうた》と二人の話がしたい」

暁山《あきやま》が、真っすぐ俺を見つめる。

「暁山……」

「まだなにも言わないで」

暁山が膝《ひざ》の下に手を回して、自分の足を抱き寄せる。

俺は言われた通り、黙って続きを待った。

「私、響汰と会うまでは郁が世界の全てだったわ。父を失って、絶望の底に沈んでいた私を、郁は救ってくれた。あの子のためなら、ほかのなにを捨てたってよかった」

郁のために……と、己の身体《からだ》すら顧みずに全力を尽くしていた暁山。誰とも関わらず、剣呑《けんのん》な雰囲気《ふんいき》を纏《まと》っていたことは記憶に新しい。

「でもね、それは間違ってた。私がしていたことは、郁のためなんかじゃなくて……私がただ、郁に依存していただけ。それに気づかせてくれたのが、響汰だった」

暁山と俺は、よく似ている。

俺は想夜歌に、暁山は郁に。

だれかに愛情を注いでいないと、自分を維持できないのだ。

俺たちは二人とも、自分の中でなにかが欠けていて。

両親から愛を受けられなかった俺と、受けていた愛を失った暁山。形は違えど、そのぽっかり空いた穴を埋めてくれた存在が、想夜歌と郁だった。

「響汰のおかげで、私は外の世界を知ったわ。自分がまだまだ未熟だってこともわかった。郁に頼りすぎだったことも」

「暁山が倒れた時のことか？」

「ええ……。あそこで響汰が諫《いさ》めてくれなかったら、私は今でも変わっていなかったと思うわ。郁のためだなんて言って、一人で空回っていた」

スピーカーから、花火大会のアナウンスが流れる。

まもなく開始の時間のようだ。

薄暗くなってきた空を、二人で見上げる。

「私と違って、響汰はすごかった。家事も子どものことも私よりわかっていて、友達もたくさんいる。想夜歌ちゃんが一番なのと同時に、響汰はたくさんのものを持ってる。……でも、

くれた。

想夜歌《そよか》の誕生日の時は、暁山《あきやま》に助けられた。俺が弱みを見せてしまって、それを受け入れてくれた。

俺だって完璧《かんぺき》じゃない。

想夜歌のことでは大いに悩んだし、暁山の世話にもなった。暁山のおかげで、母さんとの関係も少し改善した。俺が一人だったら絶対にできなかったことだ。生まれてこのかた、すれ違っていたのだから。

「響汰やひかる……あと雨夜《あまや》君。外の世界と関わって、私は弟離れしなくちゃいけないなって思った。ひかるは、たくさんのことを教えてくれた。ふふ、ひかるも雨夜君も同じことを言うのよ。私が響汰のことが好きなんだって」

そんな話をしてたのか。

ていうか柊《ひいらぎ》の奴、両方に言ってたのかよ。自分の恋愛だけに集中しとけ……。

「でも、そうかも。だって、私はこんなにも響汰のことを大切に思っているわ」

「暁山……」

「雨夜君のアドバイス通り、素直に甘えてみたりして。恥ずかしかったけれど、少し、心地よかった。響汰にもっと甘えたくなってしまったわ」

瑞貴《みずき》も瑞貴で、なにかとんでもないアドバイスをしたようだった。暁山の不思議な行動は、それが理由か。

再びアナウンスが流れた。開始の合図だ。音楽が流れ始める。

遠くの海面から、まるで滝が逆さまに流れ落ちるように、いくつもの光の線が立ち昇った。

「ねえ、響汰」

花火が始まるというのに、俺は暁山から目を逸《そ》らせない。彼女もまた、俺を見ていた。

暁山の瞳に、赤い花が描き出される。遅れて、ぽん、ぽんという音が響いた。

「家族になりたい」

「……色々すっ飛ばしすぎじゃないか？」

「これが私の本心よ」

告白されると思った。好き、付き合って。そんな言葉を予想していた。

ある意味で告白だけど、その意味はだいぶ違った。

プロポーズではない。恋人とか、夫婦とか、きょうだいとか。全てをひっくるめて、家族になりたいと言ったのだ。

「暁山、それは恋愛じゃ……」

「わかってる」

それは、恋愛感情ではない。

暁山は顔を正面に向けて、花火を目で追った。

彼女の俺への気持ちは、たしかに愛情なのだろう。でも、その形は歪《いびつ》だ。

考えてみれば当たり前のことだった。郁《いく》に依存していた彼女が、弟離れをしようとして、外の世界に飛び出した。行き場を失った愛情が向かう先は、次の依存先だ。

最近の暁山《あきやま》の態度にも得心がいった。

暁山は俺を家族のように思うことで、心の隙間《すきま》を埋めていたんだ。

それは、一般的に言う恋愛感情ではない。

でも……俺もまた、普通じゃないから。

愛情を求めて頼ってくる存在を、どうしようもなく愛《いと》おしく思ってしまう。

まったく別のガラスの破片が、偶然ぴったり合わさることもある。それが俺たちだ。

失った愛を求める暁山と、自分の中に愛情があると信じたい俺。そんな二人だから。

「変よね。おかしいわよね」

「そうだな。でも、おかしいのは俺も同じだから」

「自信を持って、響汰《きょうた》に恋してるって言えたらよかった。付き合ってって、普通の高校生みたいに。映画のラブロマンスのように」

花火を見ながら、暁山がゆっくり体重を預けてくる。

ウッドデッキのベンチでしたように、頭を俺の肩に乗せた。

「でもね、恋愛感情もゼロではないのよ。まだ小さいけれど、私の中にはたしかにある。響汰が許してくれるなら……この気持ちを育てていきたい」

およそ二万発にもおよぶ花火が、次々と夏の夜空に打ち上がっていく。

「だから今はこう言わせて。私は響汰のことが好き。郁の次に」

俺は暁山澄《すみ》が好きだ。……だと、思う。

自信はない。

瑞貴《みずき》が言っていたことも、わかる気がした。人を好きになるっていう感情がわからない。愛を知らずに育ったから、今の自分の感情が本当に恋愛感情なのか、判断ができない。

俺もまた、心の穴を埋めてくれる存在を求めているだけなのかもしれない。

でも、ほんの少しくらいは……暁山に対する本当の恋心があるはずだ。

だから、俺もこう返そう。

「俺も暁山が好きだよ。想夜歌《そよか》の次にな」

「……うん」

一番しっくりくる言葉だと思う。

暁山への恋心は、まだ育ちきっていないから。

それから、俺たちはなにも言わず、ただ寄り添って花火を見つめた。

最後の一輪が散ると同時に、暁山が離れる。

立ち上がった暁山《あきやま》は、すっかりいつもの表情に戻っていた。

「帰るわよ」

「余韻《よいん》もなにもねえな……」

「帰ったら、次の予定を企画しなくちゃいけないわ。郁《いく》と想夜歌《そよか》ちゃんにも、夏祭りと花火を経験してもらわなくちゃ。そうでしょ？」

「……ははっ。その通りだな。さっそく、プランを練ろう」

「二人が成長するまで、私たちにほかのことを考えている暇はないのよ」

甘い空気は、花火が上がっている間だけ。

想夜歌と郁はまだ小さいんだ。視線は下に向けないとな。

「混む前に行くわよ」

二人だけだから、行動は早い。片付けも、レジャーシートを畳《たた》むだけだ。

人の間を縫って、駅に急ぐ。

さっきまでの会話を思い出して、少し気まずい。

結局、結論を出さないまま、花火が散ってしまった。

「暁山」

だから、改めて彼女の名を呼んだ。

「俺たちは、ママ友だよな」

「そうよ」

「想夜歌と郁のための、ママ友関係だ」

「当然ね」

それは前提。

俺たちを繋《つな》ぐのは、ママ友という、弟妹のための関係だ。

「だけど二人が成長して……俺たちがママ友じゃなくなった時。その時にまた、話の続きをしてもいいか？」

だから、結論は先延ばしにする。

ずいぶんと気の長い話だけど、……俺たちにはちょうどいいタイミングだと思う。

今は弟妹と自分のことだけで精一杯だから。

「わかったわ」

俺の提案に、暁山が控えめに頷《うなず》いた。

花火客で大混雑の駅前で、暁山が足を止める。

ゆっくりと首を回し、俺を見た。そして、満面の笑みを浮かべる。

「ならそれまでに、この気持ちを育てておくから」

「……ああ。俺も」

俺たちの関係は、結局、なにも変わらない。でも気持ちだけは、たしかに変わったと思う。

ただのママ友に戻った俺と暁山《あきやま》は、弟妹の話をしながら帰宅した。

九章　妹の浴衣姿が宇宙一可愛い。

The Love Comedy Which Nurtured With a Mom Friend

「ばーん！」

想夜歌《そよか》がリビングのソファでくるりと回って、ダブルピース。

金魚の描かれた赤い浴衣《ゆかた》を着て、にこにこだ。

「かわゆい？」

「めちゃくちゃ可愛《かわい》すぎる……。待ってろ、今すぐ写真家と記者を手配するから。明日の一面は想夜歌で決まりだ」

今日は近所の公園で夏祭りだ。

自治体が運営するもので小規模な祭りだけど、地元の子どもたちが集まって毎年盛り上がる。昼間には小学生くらいの子たちがお神輿《みこし》を担《かつ》いで回っていた。

その時間想夜歌はぐっすり昼寝していたので、お祭りには夕方からの参加だ。

普段着ない服装に、すでに楽しくて仕方がないらしい。鏡の前でくるくる回ったり、飛び跳ねたりしている。

「お兄ちゃんも、ゆかた？」

「いや、俺は洋服だ」

「ふーん」

「あんまり興味なさそうだな!?」

あくまで想夜歌がメインだし、洋服のほうがなにかあった時に動きやすい。

まあ、俺があんまり目立って想夜歌の可愛さを少しでも遮ってしまったら困るからな。本当はもっとカッコよくなることもできるんだけど、あえて控えめにしてるんだ。

「は？　俺が想夜歌の可愛さに勝てるわけないけど？」

「お兄ちゃんが一人でしゃべってる」

おっと、思わず自分に突っかかってしまった。

下駄は歩きづらいので、想夜歌はスニーカーだ。どうせ走りまわるだろうし。

外に出ると、陽はまだ高い。これなら暗くなる前に帰れそうだな。

夏祭りの会場は、ラジオ体操をやっていたのと同じ公園だ。

あれから何度か参加したので、想夜歌も場所を覚えている。

「おまつり！」

しかし、その姿は平時とはだいぶ異なっていた。

あちこちに提灯《ちょうちん》がぶら下がり、のぼりが立っている。外周には縁日のテントがいくつも並んでいた。

「そぉか、ぜんぶたべる！」

美味《おい》しそうな匂《にお》いに誘われて、想夜歌《そよか》が宣言した。

お祭りくらいでしか食べないものもあるからな……。少量ずつにして、なるべく多くのものを食べさせよう。それほど種類が多いわけでもないし、四人で分ければ食べきれるだろう。

そういえば暁山《あきやま》は……と辺りを見回した。

「いくだ！」

「そよかちゃん」

俺よりも先に、想夜歌が発見した。

郁《いく》は黒い甚平《じんべい》を着ていて可愛《かわい》らしい。着慣れない服装だからか、少しそわそわしている。

「いく、みて。そぉかのゆかた！」

「う、うん。かわいいよ」

「でしょー」

郁から褒《ほ》められて、想夜歌は嬉《うれ》しそうに頰《ほお》を緩めた。

「お兄ちゃん、いくがかわゆいって！」

「可愛くないなんて言ったら俺が許さなかったぞ。しかし、想夜歌が可愛いのは全世界共通の常識だから、郁に可愛いって言われたからってそんなに喜ぶ必要は……」

「いくも、かわゆいね！」

男に引っ掛からないように想夜歌を説得していたら、無視された。

「かわいくないもん」

「かわゆいよ？」

「かっこいいの！」

「えー、かわゆいのに」

想夜歌に可愛いと言われて、郁が怒ってる。そんなところも可愛い。

男の子は可愛いと言われても喜ばないだろうな……。

「想夜歌ちゃんは見る目がないわね……。郁はカッコよさと可愛さが共存している、奇跡の存在なのよ」

暁山がやれやれといった感じで入ってきた。俺と同じように、彼女も洋服を選択したようだ。

「やっぱり、暁山も洋服で来たんだな」

「ええ。浴衣《ゆかた》はこの前着て満足だわ」

「そうだな」

俺と暁山は、花火大会で浴衣を着ている。

今日まで気合を入れる必要はないだろう。地元の小さな夏祭りだからな。

彼女の浴衣姿を思い出して、自然と口角が上がった。

暁山もまた、穏やかに微笑《ほほえ》んでいる。目を合わせて、頷《うなず》き合った。

あの日話したことは、一旦置いておこう。だって俺たちは、まだ、ママ友だから。

「姉ちゃんときょうた兄ちゃん、デートしたんだって」

「でーと！　つまり、けっこん？」

「たぶんそう」

「ふりんってこと？」

「ふりんはだめ」

想夜歌《そよか》と郁《いく》が勝手なことを言っている。

デートという言葉は、否定できない。

二人で花火を見に行くのは、デートと呼んでもいいと思うから。

暁山《あきやま》とデートというと、少し不思議な気もするけど。

「ふふっ。郁、輪投げをやってるみたいよ。やってみる？」

「想夜歌、あっちにリンゴ飴《あめ》があるぞ！　食べたことないだろ？」

俺と暁山の話はいいんだ。二人に聞かせるような話でもない。

自分の中でもまだ、上手《うま》く消化できていない。すぐに答えを出す必要もないから、ゆっくりでいい。

「ごまかした」

「りんご！　そぉか、りんごたべる！」

「そよかちゃん、ごまかされてる……」

「いくもたべる？　いっしょたべよー」

想夜歌は純粋で可愛《かわい》いな！

リンゴ飴はまるまる一個だと多いうえに食べづらいので、カットされているものにした。一緒にイチゴ飴も売っていたので、それも購入する。

甘い水飴《みずあめ》でコーティングされていて、フルーツの酸味と合わさって非常に美味《おい》しい。なにより……串に刺さったフルーツを頬張《ほおば》っている想夜歌の姿が可愛すぎた。

「想夜歌、食べるのはまだ待ってくれ。くわえた状態でストップだ。今写真を撮るから……」

「うまうま」

「一口で!?」

串の先からイチゴが一瞬で消えていった。まさか魔法？

口いっぱいに詰めて頬を膨らませている姿も可愛い。

「相変わらずやかましいわね……。ああっ、ダメよ郁。そんな可愛らしく食べたら通行人に一目ぼれされてしまうわ」

「お前も似たようなものだろ……」

アホなこと言っている兄姉をよそに、二人は仲良く祭りを満喫している。

あちこち見て回っては、気になる屋台があると俺たちに頼みに来る。

「そぉか、あれやる」

「ヨーヨー釣りか。いいぞ。何色が欲しいんだ?」

「あお!」

ビニールプールに浮かぶ水ヨーヨーを、糸で垂らした針で釣り上げるゲームだ。

店のおじさんから糸を受け取って、想夜歌《そよか》がしゃがみ込む。

俺は浴衣《ゆかた》の袖が濡《ぬ》れないように、後ろから抱きしめるように押さえた。勢い余って身体《からだ》ごと水に入りそうだし。

「ぜんぶとっていい?」

「はっはっは、お嬢さんに取れるかな?」

「そぉかなら、とれる!」

ノリのいいおじさんと話しながら、想夜歌が糸を指先で摘《つ》まんだ。

想夜歌は真剣な顔で、狙いのヨーヨーを見つめた。慎重に糸を垂らし、水の中にある輪っかを狙う。

しかし、浮力が邪魔《じやま》をして上手《うま》く輪に針が通らない。

想夜歌はパワフルすぎて少し不器用なところがあるので、何度かトライしても毎回横をすり抜けてしまう。

「むずかしい……」

想夜歌はなかなか苦戦しているようだった。

手を出したくなるけど、ぐっと堪《こら》える。子ども向けの遊びだから俺がやれば簡単だけど、それじゃ意味がない。想夜歌も、自分で取ったほうが嬉《うれ》しいだろう。

「おじさんが必殺技を教えてあげよう」

「ひっさつ？」

「そうだ。ほかの人には秘密だぞ？」

見かねた屋台のおじさんが、想夜歌から糸を取り上げる。

代わりに渡したのは、同じくヨーヨーを釣り上げるための針だ。しかし、その針が付いているのは糸ではなく、竹串のような棒である。

なるほど、上手くできない小さい子用に、簡単な道具も準備してあるらしい。

棒なら水の中でも自由に動かせるし、あとは輪に通すだけだ。

「できた！」

必殺技を伝授された想夜歌は、ものの数分で狙っていたヨーヨーを手にしていた。

「そぉかはさいきょう」

「おめでとう。残念ながら、必殺技は一回しか使えないんだ。返してもらえるかな？」

「うん！　あいとー！」

想夜歌が針のついた棒を返すと、おじさんが目に皺《しわ》を寄せてにっこり笑った。

「お兄ちゃん、みて！」

「よかったな」

「うん！」

受け取ったヨーヨーを手首に通して、想夜歌《そよか》はご満悦である。一個で十分みたいなので、おじさんにお礼を言って立ち去る。

「そぉかがとったやつ！」

ドリブルするように手のひらで叩《たた》くと、ゴムで戻ってくる仕組みだ。

暁山《あきやま》や郁《いく》にも自慢しながら、しばらく夢中になって遊んでいた。

「ぼくは、しゃてきやりたい」

「射的って……郁でもできるのかしら？」

郁に言われて、暁山が射的の屋台を見る。

ちょうど、小学生くらいの男の子が挑戦しているところだった。

「子ども向けの祭りだし、幼稚園児でもできるんじゃないか？」

「聞いてくるわ」

郁は射的がやりたい、というより、年上の男の子たちと同じことをしたいようだった。

たしかに、射的の屋台には特に男子小学生が集まっている。

まあ、男の子からしたら輪投げやヨーヨー釣りよりもカッコよく見えるよな。郁がやりたい気持ちは大いにわかる。

「できるみたい。よかったわね」

暁山が戻ってきて、郁の頭を撫《な》でた。

郁は緊張の面持《おもも》ちで、列に並び、順番を待つ。

「いく、がんばって」

「うん」

想夜歌に応援されたら成功しないわけにはいかないよな！

ヨーヨーから目を離さない、適当な応援だったけど……。

やがて、郁の順番が回ってくる。

郁が小さいのを考慮してか、立ち位置はかなり前だ。銃を持って手を伸ばせば、頑張れば景品に触れられそうな距離である。

店のお兄さんがコルク弾を詰め、銃口を前に向けた状態で、慎重に郁に渡した。

あとは、狙いを定めて引き金を引くだけだ。

「がんばる」

「郁……」

郁は足を肩幅に開いて、真剣な表情をしている。後ろから見つめる暁山も真剣だ。

郁が銃を向けているのは、小さな水鉄砲のオモチャ。不安定な形で置かれているので、当たれば間違いなく倒れるだろう。

さすが子ども向けの屋台というべきか、きちんと取れるように配慮されているらしい。

一発目。乾いた音が鳴って、景品の後ろの幕が揺れる。ハズレだ。

再びお兄さんが弾を籠《こ》めてくれる。

二発目、三発目と続けて外した。

それでも、郁《いく》は取り乱さない。集中を切らさず、最後の四発目。

コルクの弾は、目では追えなかった。しかし、今回は幕が揺れない。

一拍置いて、水鉄砲がぐらりと揺れる。そして、そのまま後ろに倒れた。

「やったっ！」

郁が喜びの声をあげる。

後ろで、暁山《あきやま》がほっとしたように胸を撫《な》でおろす。

お兄さんから景品の水鉄砲を貰《もら》った郁が、嬉《うれ》しそうに戻ってきた。

「とれた！」

黄色い水鉄砲を、俺たちに見せる。

「おう、よかったな」

「いく、すごい！　そぉかもやる！」

郁がやっているのを見て、想夜歌《そよか》も興味を持ったらしい。

わくわくしながら、後ろに並ぶ。

暁山が戻ってきて、満足げに頷《うなず》いた。

「さすが郁よ。いつ敵が攻めてきても倒せるわね」

「てき？」

「ええ。まずはその水鉄砲で、響汰《きょうた》を倒しましょう」

なんでこの人、隙《すき》あらば俺を倒そうとしてくるの？

ちなみに、想夜歌は射的を全部外して「もうやらなーい」と拗《す》ねていた。代わりに、俺が怒りの全弾命中を決めてやった。暁山と店のお兄さんからは白い目で見られたけど、小学生男子のヒーローになった。

その後は、食べたり遊んだりして夏祭りを満喫した。

想夜歌と郁も大いに楽しめたと思う。

二人が楽しんでいるところを見られて、俺と暁山も満足だ。

「そろそろ出ましょうか」

一通り屋台を回ったあと、暁山が言った。

「そぉか、まだたべる！」

「もうお腹《なか》いっぱいだろ。それに想夜歌、今日の予定はまだ終わりじゃないんだ」

「おなか、くるしい……でもまだたべたい……」

少しずつとはいえ、全種類制覇してたもんな……。

残りを食べていた俺も満腹だ。

「なにするの？」

食べるか食べないかの葛藤《かっとう》をしている想夜歌《そよか》の代わりに、郁《いく》が尋ねてくる。

「それはな……今からうちの庭で花火だ！」

「はなび！」

俺の言葉に、想夜歌が一瞬にして元気を取り戻した。

暁山《あきやま》と行ったような打ち上げ花火ではない。手持ち花火だ。

「お兄ちゃん、はやくいくよ！」

想夜歌が俺の手を引く。

四人で雑談しながら、公園を出てうちまで歩いた。いつの間にか空は茜色《あかねいろ》に染まっていた。

気温も下がって、ちょうどいい。花火を始めるころには暗くなっているだろう。

「まいにちたのしい！　なつやすみ、すごい」

イベント尽くしだった夏休みも、そろそろ終わりだ。

想夜歌が楽しんでくれたなら、色々と企画した甲斐《かい》があった。

そして、これだけ楽しかったのも暁山と郁のおかげだ。感謝しないといけないな。

「はなび、はなび、はなはなび」

家に着くと、想夜歌が陽気に歌い出した。オリジナルソングとか、天才かな？　シンガーソングライターになれそうだ。

バケツに水を入れて、庭に置く。

昨日のうちに買っておいた花火を取り出して、ガーデンテーブルに並べた。蠟燭《ろうそく》を地面に立て、火を灯《とも》す。

「どうやるの？」

想夜歌が花火を一本手に取って、ぶんぶん振った。

「反対だ。こっちの紐《ひも》に火を点《つ》けるんだぞ。熱いから、直接触っちゃだめだ」

「はーい」

「人に向けるのも禁止だぞ」

「わかったー」

想夜歌は空返事をしながら、蠟燭に近づいている。

本当にわかったのかな……？

最初は俺が点けて、想夜歌に手渡す。導火線が一瞬で燃え尽きると、火薬に着火された。

「わぁ」

想夜歌が感嘆の声を漏《も》らす。

細長い手持ち花火は、ばちばちと音を立てて色とりどりの火花を散らした。

薄暗くなってきた空間を明るく照らす。

郁《いく》も花火を持って、想夜歌《そよか》の横に並んだ。

「すごい！　きれい！」

「ああ。綺麗《きれい》だな。よし、今写真を……いや」

取り出そうとしたスマホを、再びポケットに入れる。

瞬《また》いては地面に落ちていく花火と、それに照らされる想夜歌の笑顔。この美しさは、きっと写真なんかじゃ捉《とら》えられないだろう。

それよりも、忘れないように目に焼き付けよう。

「おわっちゃった」

「ぼくも」

花火が続く時間は短い。

さっきまで派手に火花を弾《はじ》いていた花火が、今は小さな残り火を燻《くすぶ》らせるだけだ。

想夜歌が悲しそうに目線を落とす。

「まだまだたくさんあるぞ！　好きなだけやっていい」

「ほんと？　そぉか、ひゃっこやる！」

次は、想夜歌に自分で火を点《つ》けさせる。

想夜歌は花火を手に恐る恐る蠟燭《ろうそく》に近づくと、先端に点火した。

再び、想夜歌の手から花が咲く。

きゃっきゃと楽しそうに笑いながら、想夜歌と郁は花火を続けた。

「大丈夫そうだな」

「ええ、二人とも楽しそう」

一歩引いたところで、暁山《あきやま》とともに眺める。

「失礼かもしれないけどさ」

「なに？」

「この前見たデカい花火より、こっちのほうが、なんかいいな」

暁山と二人で花火大会に行くのも、それはそれで楽しかった。

でもやっぱり俺たちには、想夜歌と郁がいないとしっくりこない。二人が手に持つ花火のほうが、何倍も綺麗に見えた。

「そんなこと？　当たり前のことを言わないで」

「ははっ。そうだな」

自分よりも、想夜歌が楽しいほうが俺も嬉《うれ》しい。それは暁山も同じだ。

だから、楽しそうな二人を見ているこの時間が、なによりも幸せなんだ。

この夏に、暁山と郁がいてよかった。心からそう思えた。

想夜歌と郁は、恐ろしい速度で毎日成長していく。二人にとってはきっとこの時間も、花火のように一瞬で儚《はかな》いものだろう。

大きくなったころにはすっかり忘れているかもしれない。でも、それでもいい。

もしほんの少しでも、二人の心に楽しかった感情が残ってくれれば、それはきっと一生のものになるから。

「なあ、暁山《あきやま》。二学期もよろしくな」

「なによ改まって。気持ち悪いわね」

「もうちょっと手心というものを加えてもらえませんかね……？」

ええ……ちょっといい雰囲気《ふんいき》だったじゃん今……。

一人だけ思い上がっていたみたいで恥ずかしい。

俺が肩を竦《すく》めると、暁山はふっと鼻を鳴らした。

「二学期だけじゃないわよ。まだ二人は年少さんよ？　卒園までまだまだあるんだから」

二人が幼稚園を出るのは、二年半後。俺たちが高校を卒業しても、まだ幼稚園に通っているのだ。

そう考えると、たしかに、まだまだだ。

「悪い、そうだったな」

「まったく。私のママ友としての意識が低いんじゃないの？」

相変わらず、憎まれ口を叩《たた》いている時が一番いい顔してるな……？

まったく、この前の可愛《かわい》らしい態度はどこに行ったんだ。そんなことを言ったらまた怒りそうなので、心の中だけに留《とど》めておく。二度と見せてくれなくなったら困るし。

そう思っていたら、暁山が俺の袖を指先で引っ張って、照れたように笑った。

「それに……その先のことも、忘れないで」

夕日はすっかり沈んだというのに、暁山の頬《ほお》は真っ赤だった。

その先。ママ友じゃなくなった時。俺たちの関係はどう変わるんだろう。

「あー！」

花火に夢中になっていたはずの想夜《そよ》歌《か》が、俺たちを指差した。

「お兄ちゃんとすみちゃんがいちゃいちゃしてる！」

「姉ちゃん、がんばった」

ぱっと暁山が離れる。

暁山は何事もなかったかのようにすまし顔で、髪を払った。

いつもの暁山だ。

「想夜歌ちゃん、私と響《きょう》太《た》はいちゃいちゃなんてしてないわ」

「してたよ？」

「してないわ」

にやにやする想夜歌に、暁山ははっきりと否定する。

そうだな、俺と暁山《あきやま》は普通に会話していただけだ。

しかし、否定すればするほど想夜歌《そよか》の口角が上がっていく。

「よっしゃ想夜歌、お兄ちゃんが最強の技を見せてやる」

「さいきょうのわざ？」

「ああ。四本持ちだ！」

「そぉかもやる！」

花火を再開したら、俺たちのことなんてどうでもよくなったようだ。

花火で遊ぶ想夜歌と郁《いく》。そして、それを眺める俺と暁山。

今の俺にとってこの時間がなによりも大切で、きっと、暁山にとっても同じだと思う。

家族になりたい、と言った暁山の気持ちが、改めてわかったような気がする。

もう、ただのママ友とは言えない。でも、恋人でもない。

まるで一つの家族のように、俺たち四人で楽しく過ごしていきたい。強く、そう思った。

暁山と俺の関係は急ぐ必要はない。そっちも、ゆっくり育てていけばいい。

まだしばらくは、特別なママ友関係のまま、俺たちの日常は続いていく……。

エピローグ

「お兄ちゃん、小学校だよ！」

リビングのソファの上。腰に手を当てて仁王立《におうだ》ちする想夜歌《そよか》が高らかに言い放った。

俺の最愛の妹……昏本《くれもと》想夜歌は今日、小学校に入学する。

いつの間にこんな大きくなって……。

今日のためだけに買ってきたアンサンブルタイプの服は、幼稚園の制服よりも数段、想夜歌を大人に見せた。黒いワンピースに灰色のジャケットを羽織っている。

こんなかっちりした服が似合うようになったんだ……。

「どう？」

「可愛《かわい》すぎる」

「可愛いでしょー。なぜなら、今日から想夜歌はお姉さんだから！」

可愛い。そして可愛いだけじゃなく、美人だ。

身長も伸び、顔付きもだいぶお姉さんになった。いつの間にか、舌ったらずだった口調もはっきりと喋《しゃべ》るようになった。

小学校に入ったら、もっともっと早く成長していくのだろう。

嬉《うれ》しいやら寂しいやら。

想夜歌の成長を実感して、目頭が熱くなる。

「はっ、お兄ちゃんがまた泣いてる」

想夜歌が俺の顔を覗《のぞ》き込んで言った。

「泣くだろ、そりゃ」

「恥ずかしいから、入学式では泣いちゃダメだよ！」

「それは無理だな！」

俺が想夜歌の入学式で泣かないわけがない。もちろん、卒園式ではハンカチが絞れるくらい泣いた。

俺もスーツに着替えて、出発の準備をする。大学の入学式で来たものだ。どちらかといえば、想夜歌関係の行事のために買ったんだけどな！

「もう。お兄ちゃんが遅いので、置いていきます！」

「そんなぁ！」

母さんに買ってもらった赤いランドセルを背負って、想夜歌がぴょんと跳ねた。新品のランドセルは皺《しわ》一つなく輝いている。

「じゃーん。想夜歌のランドセル」

「似合いすぎてる。きっとランドセルを開発した人は、想夜歌のためにデザインしたんだな」

「ママが選んでくれたのー」

ランドセルを見せつけるように、俺の前でくるくる回る。

そんな母さんは、今日も仕事らしい。

直前まで、なんとか来られないかずっと調整していた。でも、どうしても抜けられなかったらしい。

母さんは想夜歌《そよか》が幼稚園に入ったころと同じく……いや、あのころ以上に、忙しくしている。

それでも、月に一度は想夜歌のために時間を作ってくれるようになった。それこそ、卒園式は来ていたしな。

でも……せっかくの入学式だ。想夜歌も母さんに来てほしかっただろう。

そう思って、少し切なくなる。

「へーきだよ」

想夜歌が俺を見て、にっこり笑う。

「想夜歌は、お兄ちゃんが来てくれるのが一番嬉《うれ》しい！」

「なんて可愛《かわい》いことを言ってくれるんだ！　安心しろ、母さんの分まで、最前列で声援を送るからな！」

「やっぱ来ないで！」

はっはっは、照れ隠しだな？

最近の想夜歌は照れ屋さんだからな。抱きしめると逃げようとするし、一緒にお風呂入ってくれないし、自分の部屋がほしいと言い出すし……。

あれ？　反抗期？　もしかしてお兄ちゃん嫌われてる？

そのうち、お兄ちゃんの服と一緒に洗濯しないでとか言い出すんだろうか……。

「想夜歌……お兄ちゃんを捨てないで……」

「また一人で喋《しゃべ》ってる。本当に置いてくよ！」

お姉さんぶることにハマっている想夜歌に怒られたので、慌てて準備する。

「あー、ネクタイ曲がってるー」

「ま、まさか直してくれるのか!?」

「やり方わかんない」

「まあそうだよな……」

ただ笑われただけだった。いや、教えてくれたのか。

ネクタイを直しながら、想夜歌と一緒に家を出る。三年間通った幼稚園までの道ではなく、行き先は小学校だ。

俺も通った小学校である。保護者として校門をくぐると、また感覚が違うな。俺がいたころの先生とか、誰かいたりするのだろうか。

想夜歌《そよか》がまったく新しい環境に飛び込むことに、不安はある。

特に小学校からは、俺の目を離れて活動することが増えるだろう。友達関係も、より複雑になっていく。

どんな問題が起きるかわからない。

でもそれ以上に……想夜歌がたくさんの経験をして成長していくのだという期待が、俺にとっては大きい。

それに想夜歌は優しくて社交的で可愛《かわい》いから、人気者間違いなしだろうしな！

「想夜歌、さっそく写真撮影だ！　まずは立て看板の横に立ってくれ！」

「はーい。ちょっとだけだよ！」

「ちょっとって二十枚くらい？」

そう言ったら、想夜歌が呆《あき》れたような顔をした。さすがに冗談だ。俺だって加減というものを知っている。十五枚くらいでやめるつもりだ。

入学式の文字が書かれた看板の横で、想夜歌の写真を撮りまくる。可愛すぎる。想夜歌のおかげで、俺の写真技術も上がったんじゃないか？

「次は……あそこの桜がいいな！」

「えー、まだ？」

「開始までは時間があるから大丈夫だ」

口では文句を言いながらも、想夜歌はノリノリだ。笑顔でポーズを決める。

「さすが想夜歌、天使だ！　小学校に入ったら、告白されまくりじゃないか……？　想夜歌、下駄箱に謎の封筒が入っていたら注意しろよ。開いたら呪われるから、開けずにお兄ちゃんに渡すように」

「お兄ちゃんうるさい……」

大丈夫、周りの親御さんも同じように騒いでいるから。みんな自分の子どもに夢中で、俺たちのことなんて気にしている暇はない。

ほら、隣の女性のテンションも最高潮だ。

「なんてこと、カッコよすぎるわ……。いい？　女の子はみんな郁《いく》のことが好きになってしまうと思うけれど、告白されてもしっかり断るのよ。希望を持たせるような言い方もダメ。最近の小学生はませているらしいから、気を付けないと……」

「姉ちゃん、うるさい」

その声に、俺は目線を向けた。相手も同じように、こちらを見る。

「響汰《きょうた》」

「よう、暁山《あきやま》」

暁山澄《すみ》は、華やかなスーツを着てナチュラルメイクをしていた。

小さく微笑《ほほえ》んで、俺と向き合う。

「入学おめでとうございます」

「おめでとうございます」

二人で同時にお辞儀。

暁山《あきやま》の隣には、弟の郁《いく》がいる。

郁も入学式用のスーツを着ている。よく似合ってるな！

「郁、おはよう！」

「想夜歌《そよか》ちゃん、おはよう」

「聞いて。お兄ちゃんがうるさいの」

「姉ちゃんもうるさい……」

二人とも、今日くらいは許してほしい。

想夜歌と郁は、同じ小学校に入学する。てっきり別の学校かと思っていたから、聞いて驚いた。

俺と暁山は小学校が違った。当時、暁山は違う場所に住んでいたからだ。

しかし、幸《さち》さんがシングルマザーになったことをきっかけに、持ち家を売ってアパートに引っ越すことを選んだのだそう。

そこで引っ越してきたのが今の家、というわけだ。

「想夜歌ねー、今日から小学生なんだー」

「僕も同じだよ……？」

「うん！　よろしくね！」

想夜歌《そよか》は郁《いく》と同じ学校に通えて嬉《うれ》しそうだ。

二人はずっと仲良しだからな……。小学校でも一緒なら、安心だ。

だが、安心できない部分もある。

「郁。想夜歌と友達なのはいいが、それ以上の関係になるのは許さないぞ。お前がイケメンなのは認めるが、想夜歌は別に、顔で人を選ばないからな」

「想夜歌ちゃん。あなた最近可愛《かわい》くなりすぎじゃないかしら？　郁にアピールしてるのね？まったく。油断も隙《すき》もないわ」

仲が良すぎて、このまま恋愛に発展するのはなんとしても阻止しなければならない。

幼馴染《おさななじみ》と付き合うなんて、想夜歌が最近読んでいる少女漫画ではよくある展開だからな！

……いや、どっちかといえば幼馴染は不遇な立ち位置なことが多いか？

ともかく、二人の恋愛は許さん！

「想夜歌ちゃん、早く行こう。僕についてきて」

「お兄ちゃん、ばいばい！　うるさくしたらダメだからね！」

ああっ、俺の想夜歌が郁に連れ去られていく。

暁山《あきやま》と慌ててついていき、一緒に受付を済ませる。一年生のクラスは、ここで初めてわかるのだ。

「あ！　郁と同じクラスだ！　嬉しい！」

「……やったっ」

ぴょんぴょん跳ねて喜ぶ想夜歌と、小さくガッツポーズする郁。

同じクラスなら、誰も知り合いがいないという状況よりも気楽だろう。

「では、お子さんはこちらに……」

ここからは今度こそ別行動。想夜歌と郁は、六年生のお兄さんお姉さんに連れられて、教室に案内されていく。

入学式は、教室からクラス単位で移動してくるのだ。

「想夜歌、見てるからな！」

「郁、しっかりね」

俺と暁山が激励すると、二人は満面の笑みを向けてくれた。

保護者は体育館に移動し、入学式の開始を待つことになる。

体育館に並べられたパイプ椅子に、暁山と隣り合って座った。

「早かったわね。もう小学校に入るなんて。ついこの間まで、はいはいをしていたのに」

「一瞬だったなぁ。気づいたら俺たちも大学生だしな」

「そうね。響汰《きようた》が大学に入学できるなんて思ってもみなかったわ」

「あれ、俺だけちょっとニュアンスが違うな……？　その節は大変お世話になりました」

「ほんとよ」

入試を突破できたのは、この暁山《あきやま》様のおかげである。毎日のように遅くまで勉強を教えてくれた。もう足を向けて寝られないな。

この春から、俺と暁山は大学二年生だ。想夜歌《そよか》たちが大きくなったということは、俺たちも着々と、大人への道を進んでいるのだ。

「教育学部なんでしょう？　単位は大丈夫なの？」

「留年はしなそう」

「将来、響汰《きょうた》に勉強を教わる子どもたちが不憫《ふびん》でならないわね……」

「うるせえ。そういう暁山はどうなんだ？」

「一年生の成績は、学部で首席だったわね」

「さすが」

俺と暁山は別々の大学に進んだ。レベルが違いすぎるので当然である。

でも、幼稚園でしょっちゅう顔を合わせてるし、二週に一回くらいはうちに来ているので、久しぶりという感覚はない。

弟妹が同じ小学校に入学したのだ。これからも、関わる機会は多いだろう。

小学生の保護者の仕事なんて、完全に未知だからな……。また、手探りで協力する日々が始まりそうだ。まあ、暁山となら乗り越えていけると思う。

「始まるみたいね」

司会の先生が、入学式の開始を告げる。

音楽が流れ、それに合わせて新入生が入場してきた。その中には当然、想夜歌と郁《いく》の姿もある。二人はどこか緊張しているのか、表情は硬い。それでも俺たちの姿を見つけると、笑顔で手を振ってくれた。

俺と暁山は、静かに二人を見守る。

入学式は恙《つつが》なく進行していった。

俺たちは見ているだけで、特にできることはない。主役は子どもたちだ。

立派になった想夜歌と郁の姿を、しっかりとカメラと網膜と脳内に焼き付けた。

入学式は一瞬だった。

でも、一生俺の記憶に残る最高の時間だ。

「ううっ……想夜歌……っ。大きくなって……っ」

「汚いわね……」

「暁山だって泣いてるじゃねえか」

「私は響汰みたいに汚れてないもの」

「俺だって綺麗《きれい》な涙だよ」

鼻水も出てるけど。

子どもたちは、これから教室で顔合わせや担任の先生の挨拶《あいさつ》などあるらしい。

保護者は、外で待機だ。

暁山《あきやま》と体育館を出て、桜並木の下で二人を待つ。少し離れて、ママ友の距離感で立った。

薄紅色の花びらが、ひらりと視界を横切った。春の暖かい風が心地いい。

「一区切り、って感じだよな」

想夜歌《そよか》がこれから通う学《まな》び舎《や》を見上げる。

「小学校に上がれば、あいつらも手を離れていく。寂しいけど、一緒にいる時間も減っちゃうんだろうな。もちろん、まだまだ子どもだから、ちゃんと見てないといけないけど」

「寂しいわね」

まあ想夜歌は、何歳になっても一緒にいてくれると思うけどな！

反抗期なんてぜったい来ない！

……でも、段々と独り立ちしていくんだろうな。

「だからさ、小学校に上がったわけだよ」

「聞いたわよ。なんでまた同じ話をするの？」

「えっと、もう幼稚園を卒業したわけで。つまり、俺たちは幼稚園のママ友じゃなくなったんだよなって」

「……小学校は、ママ友とは言わないのかしら？」

「言うかもしれないけど」

俺の言いたいことは伝わったらしい。

暁山が、一歩俺に近づいた。窺《うかが》うように俺の目を見て、続きを待つ。

「……小学校でも、ママ友のままですか？」

「そうね。……半分くらいは。まだ子育ては終わりじゃないもの」

「もう半分のほうは、育ちましたか？」

「普通に喋《しゃべ》りなさい」

怒られた。

仕方ないだろ。こういうの慣れてないんだから。

ざわざわと、校舎のほうから話し声が聞こえてくる。

どうやら、子どもたちが降りて来たらしい。弟妹が来る前に、この話を終わらせないと。

後回しにはしたくない。このタイミングを逃したら、いつ言えるかわからないから。

暁山は腕を組んで、俺から顔を逸《そ》らした。

意地でも俺から言わせる気だな……？

でもまあ、俺はこの二年半で確信しちゃったんだからしょうがない。

暁山のほうは、どうかしらないけど。

俺は暁山澄《あきやますみ》のことが――。

「好き」

俺の口から出た言葉ではなかった。

その声は、よく聞き覚えのあるもので。

暁山と同時に、そちらを見る。

「僕、想夜歌《そよか》ちゃんが好きだよ」

「……想夜歌も」

顔を真っ赤にして叫ぶ郁《いく》と、両手を口に当てて、恥ずかしそうにいじらしく俯《うつむ》く想夜歌。

そんな光景が、校舎の真ん前で繰り広げられていた。

俺と暁山は、さっと顔を見合わせる。

きっと、お互いに間抜け面《づら》をしているだろう。どちらからともなく笑いだして、想夜歌と郁の元へ駆け寄った。

あとがき

一巻ぶりです。緒二葉《おにば》です。

二巻はページ数ぎりぎりまで書いたせいで、あとがきのスペースありませんでした！　お手持ちの方は開いてみてください。なんと、プロモーションページすらありません。逆にページ調整完璧《かんぺき》すぎましたね。びっくりです。

さて、この作品の舞台は私が生まれ、人生の大半を過ごした街、横浜《よこはま》が舞台となっています。といっても、そこまで前面に押し出しているわけではありませんので、エッセンス程度に感じてもらえたら嬉《うれ》しいです。

書いてみると、意外と横浜感を出すのって難しくて。

結局、ちょっと舞台装置として使うくらいでした。くっ、横浜市民として情けない……。

まあ都会すぎて？　逆に出すの難しいみたいな？　ほぼ東京ですからね。いやもう、東京より都会っていうか。

横浜はなにか特別なものがあるというより、横浜であること自体が大事ですからね。うん。

ほら、我々って出身地聞かれたら神奈川ではなく横浜って答えますし。

苦し紛《まぎ》れに出したものの中で、一巻で出したビル内の動物園と、三巻の花火大会。この二つは、もう現実の横浜ではなくなってしまったものです。思い出があるだけに、やや寂しい気持ちです。

どちらも後継イベントは行われていますが、やはり形あるものはいつか終わりを迎えるということですね。

そして「ママ友と育てるラブコメ」も、この三巻で完結です！（美しい話題運び！）

書きたいことは概《おおむ》ね全部書けたと思います！

二人のママ友、そしてその弟妹の物語。皆さんの心に少しでも残ることができたら、とても嬉しいです。

皆さんが読んでくれるということ。ＳＮＳや各レビューサイト等での、優しい感想の数々。そのおかげで、三巻まで書くことができました。

本当にありがとうございました。

以下、謝辞です。

担当編集様。本当に、二人で作りあげた作品だと思っています。基本、初期プロットはボツでしたし（遠い目）。いただいた的確なご意見のおかげで、とてもいい作品になりました。

いちかわはる先生。ひかる可愛《かわい》すぎませんか？　いやみんな素晴らしいイラストなんですが、特にひかるが好きすぎました……。最高です。

そして、小学館様、書店様を始めとする出版に関係する皆様。ありがとうございました。

また他の作品でも、お会いできたら嬉しいです。

AGAGAGAGAGAGAGAGA

ガガガ文庫6月刊

彼とカノジョの事業戦略《ビジネスプラン》

～〝友達〟の売り方、教えます。～

著／初鹿野《はじかの》 創《そう》

イラスト／夏《なつ》ハル

定価 836 円（税込）

『〝ビジネス〟は世界を描き替えるツールだ』WBFには若き天才経営者が集う。
環伊那もそこに挑む一人だ。金髪、巨乳、明るい笑顔の経営初心者。
彼女と組むのは、天才コンサル真琴成。「ビジネス頭脳バトル」開幕！

星美くんのプロデュースvol.1

陰キャでも可愛くなれますか？

著／悠木《ゆうき》りん

イラスト／花ヶ田《はながた》

定価 726 円（税込）

女装癖を隠していた星美は、同級生・心寧にバレてしまう。
「秘密にする代わりに、私を可愛くしてください！」メイクにファッション、
陰キャな女子に“可愛い”を徹底指南！「でも、星美くんは男の子……なんだよね」

塩対応の佐藤さんが俺にだけ甘い

著／猿渡《さわたり》かざみ

イラスト／A《あ》ちき

定価：本体611円＋税

「初恋の人が塩対応だけど、意外と隙だらけだって俺だけが知ってる」

「初恋の人が甘くて優しいだけじゃないって私だけが知ってる」

「「内緒だけど、そんな彼（彼女）が好き」」両片想い男女の甘々青春ラブコメ！

GAGAGAGAGAGAGAGAGAGA

負けヒロインが多すぎる！

著／雨森《あまもり》たきび

イラスト／いみぎむる
定価 704 円（税込）

達観ぼっちの温水和彦は、クラスの人気女子・八奈見杏菜が男子に振られるのを目撃する。「私をお嫁さんにするって言ったのに、ひどくないかな？」これをきっかけに、あれよあれよと負けヒロインたちが現れて――？

ガガガ文庫6月刊

彼とカノジョの事業戦略《ビジネスプラン》 ～〝友達〟の売り方、教えます。～

著／初鹿野《はじかの》 創《そう》

イラスト／夏《なつ》ハル

『〝ビジネス〟は世界を描き替えるツールだ』WBFには若き天才経営者が集う。環伊那もそこに挑む一人だ。金髪、巨乳、明るい笑顔の経営初心者。彼女と組むのは、天才コンサル真琴成。「ビジネス頭脳バトル」開幕！

ISBN978-4-09-453127-5（ガは8-7）　定価836円（税込）

千歳くんはラムネ瓶のなか8

著／裕夢《ひろむ》

イラスト／raemz《レームズ》

無色の9月が終わり、朱々しい10月が巡る。七瀬悠月は望紅葉と対峙する。研ぎ澄まされた覚悟に敬意を込めて。今度こそ、愛しい月を撃ち落とすために。夜の感傷に身を浸し——七瀬悠月という女が、ついにベールを脱ぐ。

ISBN978-4-09-453126-8（ガひ5-9）　定価979円（税込）

千歳くんはラムネ瓶のなか8 ラフイラスト集付き特装版

著／裕夢《ひろむ》

イラスト／raemz《レームズ》

raemz描き下ろしカバーをつけた8巻に、初期のキャラデ、ゲストイラストなどを掲載したミニイラスト集を同梱。チラムネファン待望のイラスト集付き特装版！

ISBN978-4-09-453132-9（ガひ5-9）　定価1,870円（税込）

出会ってひと突きで絶頂除霊！10

著／赤城大空《あかぎひろたか》

イラスト／魔太郎《またろう》

古屋晴久はある朝目を覚ますと、同級生の女子である宗谷美咲の子宮の中にいた。衝撃を受ける晴久たちの前に、呪殺法師を名乗る女が現れて——？　産まれるが先か、祓うが先か。トンデモ怪異、“処女懐胎”編!!

ISBN978-4-09-453128-2（ガあ11-29）　定価858円（税込）

貘《バク》3 ―夢と現実の境界―

著／長月東葭《ながつきとうか》

イラスト／daichi《ダイチ》

仲間との出会い、貘としての過酷な戦いを乗り越え、現実で居場所を手に入れたトウヤ。しかし、彼を待ち受けていたのは大いなる喪失だった。夢と現実の境界に全ての因縁が収束する時、トウヤは最後の敵と相見える。

ISBN978-4-09-453130-5（ガな10-3）　定価979円（税込）

ママ友と育てるラブコメ3

著／緒二葉《おにば》

イラスト／いちかわはる

響汰は澄に対して、ママ友とは違う特別な感情を抱いていることを自覚する。だが、その心の形に「恋」なんて安直な名前はつけられない。悩み、迷い、そして決意を固める。来る二人きりの、夏祭りデートへ向けて——。

ISBN978-4-09-453129-9（ガお10-3）　定価814円（税込）

霊能探偵・藤咲藤花は人の惨劇を嗤わない4

著／綾里《あやさと》けいし

イラスト／生川《なまかわ》

「神様」という名の怪物は暴走を開始。混乱した世界はやがて藤花と朔をも呑み込み、破滅へと突き進む。世界を救う手立ては神殺しのみ——。「かみさま」になりそこねた少女とその従者の物語は、ここに終演を迎える。

ISBN978-4-09-453131-2（ガあ17-4）　定価792円（税込）

GAGAGA

ガガガ文庫

ママ友と育てるラブコメ3

緒二葉

発行　2023年6月25日　初版第1刷発行

発行人　鳥光 裕

編集人　星野博規

編集　大米 稔

発行所　株式会社小学館
〒101-8001 東京都千代田区一ツ橋2-3-1
［編集］03-3230-9343　［販売］03-5281-3556

カバー印刷　株式会社美松堂

印刷・製本　図書印刷株式会社

Printed in Japan　ISBN978-4-09-453129-9

第18回小学館ライトノベル大賞 応募要項!!!!!!!!!!!!!!!!!!!!!!!!!

ゲスト審査員は宇佐義大氏!!!!!!!!!!!!

(プロデューサー、株式会社グッドスマイルカンパニー 取締役、株式会社トリガー 代表取締役副社長)

大賞:200万円&デビュー確約
ガガガ賞:100万円&デビュー確約
優秀賞:50万円&デビュー確約
審査員特別賞:50万円&デビュー確約

第一次審査通過者全員に、評価シート&寸評をお送りします

内容 ビジュアルが付くことを意識した、エンターテインメント小説であること。ファンタジー、ミステリー、恋愛、ＳＦなどジャンルは不問。商業的に未発表作品であること。
(同人誌や営利目的でない個人のWEB上での作品掲載は可。その場合は同人誌名またはサイト名を明記のこと)

選考 ガガガ文庫編集部＋ゲスト審査員 宇佐義大

資格 プロ・アマ・年齢不問

原稿枚数 ワープロ原稿の規定書式【1枚に42字×34行、縦書き】で、70～150枚。

締め切り 2023年9月末日(当日消印有効)
※Web投稿は日付変更までにアップロード完了。

発表 2024年3月刊『ガ報』、及びガガガ文庫公式WEBサイト GAGAGA WIREにて

紙での応募 次の3点を番号順に重ね合わせ、右上をクリップ等(※紐は不可)で綴じて送ってください。※手書き原稿での応募は不可。

① 作品タイトル、原稿枚数、郵便番号、住所、氏名(本名、ペンネーム使用の場合はペンネームも併記)、年齢、略歴、電話番号の順に明記した紙
② 800字以内であらすじ
③ 応募作品(必ずページ順に番号をふること)

応募先 〒101-8001 東京都千代田区一ツ橋 2-3-1
小学館　第四コミック局　ライトノベル大賞係

Webでの応募 ガガガ文庫公式WEBサイト GAGAGA WIREの小学館ライトノベル大賞ページから専用の作品投稿フォームにアクセス、必要情報を入力の上、ご応募ください。
※データ形式は、テキスト(txt)、ワード(doc、docx)のみとなります。
※Webと郵送で同一作品の応募はしないようにしてください。
※同一回の応募において、改稿版を含め同じ作品は一度しか投稿できません。よく推敲の上、アップロードください。

注意 ○応募作品は返却致しません。○選考に関するお問い合わせには応じられません。○二重投稿作品はいっさい受け付けません。○受賞作品の出版権及び映像化、コミック化、ゲーム化などの二次使用権はすべて小学館に帰属します。別途、規定の印税をお支払いいたします。○応募された方の個人情報は、本大賞以外の目的に利用することはありません。○事故防止の観点から、追跡サービス等が可能な配送方法を利用されることをおすすめします。○作品を複数応募する場合は、一作品ごとに別々の封筒に入れてご応募ください。